「梅倫得把話說在前，
接下來播映的故事，是一場訣別喔。」
這是妳與我的最後戰場，或是開創世界的聖戰 11
the War ends the world / raises the world
天帝詠梅倫根
Emperor YunmeIngen
帝國的象徵，亦是帝國的首腦。為了
知曉百年前發生的悲劇真相，而將希
絲蓓爾邀入帝都。

愛麗絲蘿茲・蘇菲・涅比利斯
Alicerose Sophi Nebulis
個性溫和、厭惡爭執。是艾芙的雙胞胎妹妹，由於有著成熟的身材和氣質，所以總是吸引著周遭的異性。
「來陪朕玩玩嘛。」
「這兩個傢伙在搞什麼鬼啊？」
艾芙・蘇菲・涅比利斯
Eve Sophi Nebulis
個性開朗、天真無邪，是愛麗絲蘿茲的雙胞胎姊姊。和妹妹相比，是個稚氣未脫的活潑少女。
詠梅倫根
YunmeIngen
由於處在養尊處優的生活環境，所以求知慾極為旺盛。期待著「新能源」能夠改善自己體弱多病的體質。

克洛斯威爾・葛特・涅比利斯
Crosswell Gate Nebulis
以礦工身分來到帝都討生活的少年。來到遠房親戚——涅比利斯姊妹的住處寄人籬下。

「——已經沒有時間猶豫了。」
『……讓本宮的星靈
重現此地百年前的光景就可以了吧？』
愛麗絲莉潔・露・
涅比利斯九世
Aliceliese Lou Nebulis IX
涅比利斯皇廳的第二公主。如今的她沒了燐的陪伴，但仍為了阻止清醒的始祖涅比利斯而趕往帝都。
希絲蓓爾・露・涅比利斯九世
Sisbell Lou Nebulis IX
涅比利斯皇廳的第三公主。受到天帝詠梅倫根的招攬來到帝都，並即將透過燈之星靈重現帝都百年前的光景。

這是妳與我的最後戰場，或是開創世界的聖戰 11

the War ends the world / raises the world

So Se lu, E nes siole Phi yumie.
心地善良的孩子呀。

hiz mis feo tis-kamyu Ec mihas, hiz kuo feo tis-emne Ec Ema,
記住了你的疼痛之人，以及繼承了你的意志之人，

rein hiz ole Ec et rein I rein.
將會盼望起你朝思暮想的美好世界。

Kadokawa Fantastic Novels

機械運作的理想鄉

「天帝國」

伊思卡

Iska

隸屬於帝國軍人類防衛機構第三師第九〇七部隊。過去曾以最年少之姿晉升至帝國最強戰力「使徒聖」，卻因為協助魔女越獄而被剝奪資格。擁有能阻絕星靈術的黑鋼星劍，以及能將最後斬過的星靈術重現一次的白鋼星劍。是為了和平而戰的直率少年劍士。

米司蜜絲・克拉斯

Mismis Klass

第九〇七部隊的隊長。雖然長著一張娃娃臉，怎麼看都是個小女生，但其實是個不折不扣的成年女子。儘管個性憨傻，但責任感強烈，深受部下們的信任。由於摔落至星脈噴泉，因而化為魔女。

陣・修勒岡

Jhin Syulargun

第九〇七部隊的狙擊手，有著出神入化的狙擊技術。由於和伊思卡拜同一位人物為師，因此結交已久。雖說個性冷酷，而且嘴上不饒人，但也有為同伴著想的熾熱之心。

音音・艾卡斯托涅

Nene Alkastone

第九〇七部隊的機工負責人。是一名開發兵器的天才，能將從超高空拋射穿甲彈的衛星兵器操控自如。她將伊思卡視為兄長般仰慕，是一名純真可愛的少女。

璃灑・英・恩派亞

Risya In Empire

使徒聖第五席，俗稱「全能天才」。是戴著黑框眼鏡、身穿套裝的美麗女子。與米司蜜絲同期入隊，對她相當中意。

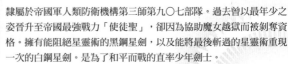

魔女們的樂園

「涅比利斯皇廳」

愛麗絲莉潔・露・涅比利斯九世

Aliceliese Lou Nebulis IX

涅比利斯皇廳的第二公主，亦是下一任女王的有力人選。她是能操控寒冰的最強星靈使，以「冰禍魔女」之名令帝國聞風喪膽。厭惡皇廳內部爾虞我詐的她，在戰場上遇見了敵國劍士伊思卡，與之光明磊落的一戰打動了她的芳心。

燐・碧士波茲

Rin Vispose

愛麗絲的隨從，能駕馭土之星靈。女傭服底下藏滿暗器，在刺殺方面也擁有極高的造詣。雖然總是擺著一張撲克臉，難以看出內心的想法，卻對胸部的大小相當自卑。

希絲蓓爾・露・涅比利斯九世

Sisbell Lou Nebulis IX

涅比利斯皇廳的第三公主，也是愛麗絲莉潔的妹妹。她寄宿著能以影音形式重播過去現象的「燈」之星靈。過去曾被帝國關入大牢，並受到伊思卡救助。

假面卿昂

On

與露家相爭下任女王寶座的佐亞家一分子。居心叵測的謀略家。

琪辛・佐亞・涅比利斯九世

Kissing Zoa Nebulis

被稱為佐亞家祕密武器的強大星靈使。寄宿著「棘」之星靈。

薩林哲

Salinger

曾暗殺女王未果，因而鋃鐺入獄的最強魔人。目前是逃獄之身。

伊莉蒂雅・露・涅比利斯九世

Elletear Lou Nebulis IX

涅比利斯皇廳的第一公主。將精力耗費在遊歷外地上，鮮少滯留在王宮之中。

the War ends the world / raises the world

CONTENTS

Secret　「此時的伊思卡還不明白」

「等等！師父，您等一下啦！」

在呼出白氣的同時——

黑髮少年伊思卡追趕著走在前方男子的背影。

大陸鐵路的中央車站（Terminal）染上了夕陽的色彩。

在旅客摩肩擦踵的走道上，伊思卡不管再怎麼加快腳步，也追不上男子的身影——這是因為兩者的步伐相差太大的關係。

對於年僅十一歲的少年（伊思卡）來說，被他稱為師父的男子有著接近一百九十公分的高挑身材。

「真是的，您老是像這樣動不動把我拋下！」

「…………」

男子驀地駐足，轉頭看了過來。

「把人拋下？你說誰把誰拋下了？」

「是師父您！拋下了我啊！」

「…………」

「您該不會沒注意到吧？」

「我在想事情。」

唉……

聽到師父毫無罪惡感的回應，伊思卡不禁垮下了雙肩。

這個男子總是如此。

他四處漂泊、個性樂天、總是心不在焉、常常說些懶散的話——

而他同時也是帝國最強的劍士。

克洛斯威爾·尼斯·里布葛特。

他全身上下毫無贅肉，留著一頭黑髮，罩著一件長大衣。

過去擔任使徒聖首席之際，他的別名似乎是「黑鋼劍奴」，但本人鮮少提及那些往事。

據他本人的說法，他並不是不想說，只是覺得講述那些往事很麻煩。

『開往碧耶爾共和國的特快車即將發車，請購買了車票的旅客上車等候。』

「話說回來，師父——」

伊思卡聽著廣播內容，驀地抬頭望向自己的師父。

「我們為什麼要搭火車啊？」

說起來，伊思卡甚至不曉得這究竟是一場遠征，又或者是單純的旅行。

他是在前天才收到「要出趟遠門了」的訊息——這倒還沒什麼關係，不過師父卻是和往常一樣，遲遲不肯告訴他此行的目的為何。

「我們為什麼要離開帝國啊？」

「為了知曉帝國境外的情況。」

「知曉帝國境外的情況又能做什麼？」

「…………」

帝國最強的劍士仰望著中央車站的天花板。

「因為你還不明白魔女究竟是什麼樣的存在啊。」

「……我姑且還是知道的。」

只要是帝國人，想必一定知道「魔女」是什麼樣的存在。

被名為星靈的不明能源所寄宿的「不再是人類的生物」。所謂的魔女，便是濫用著星靈力量的恐怖存在。

——她們凶悍好鬥並憎恨著帝國。

這是伊思卡的印象。

之所以用「印象」一詞，是因為伊思卡從未和魔女有過接觸或交談。這些認知都來自於帝國口耳相傳的資訊。

「我不會說你對魔女的印象有誤，但那也並非事實的全貌。」

他的師父看著在中央車站熙來攘往的人群。

「流傳在帝國上下的魔女傳聞，僅是由大魔女涅比利斯一類的極少數例外所引發的。有九成的魔女和一般的人類毫無差異。伊思卡，你看著這些走在中央車站的人們，有什麼感想？」

「……他們看起來都很普通。」

無論是準備搭車的商務客，還是攜家帶眷的旅客——

看在伊思卡的眼裡，都只是些「普通的人類」。

「根據統計，這些乘客之中肯定不乏魔女或魔人的存在。然而，他們的樣子和帝國人別無二致對吧？他們看起來有特別野蠻嗎？」

「沒有呢。」

「換句話說，這也是真相的其中一面。無論是流傳在帝國的傳聞，還是你目前所見的光景——你都必須將兩者謹記在心。」

「…………我明白了。」

伊思卡在說謊。

他其實並不明白。因為——「魔女是可怕的存在」。

當然，伊思卡也努力地理解著師父的教誨，但對於在帝國裡生長的他來說，這樣的印象實在不是一時半刻就能改變的。

「你總有一天會懂的。這趟遠行也是為了這個目的。」

「……好的。」

而師父的真正用意——

在過了好幾年後，伊思卡才在「親眼目睹」之下有所理解。

Prologue 「愛麗絲的期盼」

「始祖。」

「妳打算把帝國燒成灰燼對吧？」

一切都為時已晚。

氣喘吁吁的愛麗絲幾乎感到頭暈目眩——此時的她正奔跑衝過涅比利斯王宮一樓的大廳，奔進了中庭。

「修鈹茲！」

「愛麗絲大人，請上車。」

那是被稱為王室專車（Cadillac One）的特製大型四輪車。

敞開車門等待愛麗絲的，是身穿西裝的老隨從修鈹茲。他已侍奉露家多年，以隨從的身分侍奉著妹妹希絲蓓爾，可說是為她鞠躬盡瘁。

但僅限此時此刻，修鈹茲將愛麗絲視為主人。

——現在的愛麗絲沒有隨從（燐）陪伴。

——現在的修鈸茲沒有主人（希絲蓓爾）可供侍奉。

燐和希絲蓓爾此時都身在帝都詠梅倫根。

而自己（愛麗絲）則是為了營救兩人，正要從皇廳飛奔而去。

然而——

她並不是要從帝國士兵的槍口下救出兩人。

而是要在始祖涅比利斯將帝國燒成灰燼之前保護兩人。

「本小姐已經和女王大人（母親大人）解釋過原委了，動作快！」

「小的立即出發。」

愛麗絲一上車，王室專車便風馳電掣地駛過了中庭。

「小的會開往查勒國際機場，並安排專機飛往鄰近帝國的國家，之後則是透過鐵路前往帝國國境。」

「嗯，有勞你了。不管用上任何手段都行，務必以速度為第一優先。」

「小的確實是如此打算……然而……」

修鈸茲的話聲自駕駛座傳來。

他壓得極低的嗓音之中，帶著揮之不去的憂慮和擔心。

「……小的聽說始祖大人清醒了。」

「那是幾個小時前的事呢。她在本小姐的眼前消失了。」

愛麗絲深坐在後座的座椅上，握緊了擱在大腿上的雙拳。

「那個大魔女打算把帝國燒成一片荒蕪，無論是什麼人都無法倖免。就算我們的同伴在場，她也不會手下留情。」

「……妳似乎打算前去摧毀帝國呢。」

「除此之外，我還有什麼動身的理由？」

前往帝國，將該地燒得灰飛煙滅。

……這可不是開玩笑的。

……燐和希絲蓓爾都還被關押在帝都，而且伊思卡也在呀！

而皇廳的部下也包含在內。

皇廳派出的許多間諜也在帝國境內打聽情報，而沒打算手下留情的始祖，想必也會將他們一同趕盡殺絕吧。

「修鈸茲，沒必要對她加上『大人』兩字。那個大魔女並不是值得本小姐等人敬佩的存在，只是個期盼世界毀滅的災難罷了。」

「……小的原以為事態不會如此嚴重。」

修鈸茲的回應顯得相當沉重，但這也怪不了他。

始祖涅比利斯不只是皇廳的祖先，也是引導所有星靈使的希望之星。愛麗絲長久以來也對此深信不疑，而女王想必也是如此。

然而，真相卻並非如此。

只要是為了毀滅帝國，那名魔女甚至會毫不猶豫地屠戮自己的同伴。

「一旦讓始祖襲擊帝都，希絲蓓爾和燐也會成為犧牲者的。糟糕的還不只這樣，雖說這會讓帝國帶來毀滅性的打擊，但這麼一來，帝國會和皇廳爆發全面性的戰爭。」

帝國與涅比利斯皇廳。

這世界的前兩大國家雖然在各地都有小規模的衝突，但綜觀歷史，雙方其實都勉強維持著不至於全面開戰的局面。

一旦爆發全面戰爭，肯定會演變為席捲周遭國家的大戰吧。

——世界會因此毀滅。

說什麼都得避免事態走到這一步。

「修鈸茲，你記好了，本小姐們接下來的行動，會對這個世界造成極大的影響。要是阻止不了始祖這次的行動，一切都會付之一炬喔。」

「……小的銘記在心。」

「根據女王大人所言，原本飄浮在王宮上空的始祖突然憑空消失。她一定是用時空類的星靈術前往帝國了。」

而愛麗絲等人則是緊追在後。

……對方用的是空間傳送，比起飛機之類的快上太多了。

……本小姐就算趕得再快，也得花上將近一整天才能抵達帝國的國境。

雖然說來諷刺——

但在這段期間，愛麗絲只能祈禱帝國軍能夠攔下始祖的步伐了。

而更棘手的是，她眼下必須關注的並非只有攔下始祖一事，這也是讓愛麗絲感到焦慮的原因之一。

「小的聽說太陽（休朵拉）並沒有動靜。」

修鈸茲從後照鏡窺探著愛麗絲的眼睛。

「女王大人對他們採取了緊迫盯人的策略。由於他們是綁架希絲蓓爾大人的幕後真凶，所以總有露家的精銳監視著。我等絕對不會讓他們的任何一人走出太陽之塔——無論是塔里斯曼當家，或是米澤曦比公主皆然。」

「……難道說他們沒把這種狀況看在眼裡？」

休朵拉家的盤算，是在女王聖別大典中拿下勝利。被選為下一任的女王，才是對他們來說的首要之務。無論始祖和帝國軍爆發了多麼嚴重的戰火，他們恐怕也會秉持置身事外的立場。

毋寧說，他們甚至期盼著始祖和帝國軍打出兩敗俱傷的結果。

「對於太陽的戒備，就繼續交給女王大人安排了。目前最麻煩的還是月亮呢。」

沒錯。

眼下最難對付的是坐擁假面卿和琪辛的佐亞家。

……毀滅帝國乃是佐亞家的宏願。

……始祖清醒一事，對佐亞家來說根本就是千載難逢的大好機會。

而**他們已經先行一步**。

「我剛剛收到了女王大人的通知，理應待在月之塔的假面卿和琪辛，並沒有在會議召開的時候現身。」

這代表他們追著始祖出了城。

佐亞家打算趁著始祖著手復仇之際攻入帝國，並以營救遭到帝國軍囚禁的佐亞家當家葛羅烏利為由——藉以引發全面性的戰爭。

「你打算向帝國挑起全面性的戰爭嗎？」

「這是當然。畢竟這可是星靈使延續了百年之久的悲願啊。」

抵達帝國的先後順序——

會捷足先登的想必會是始祖。

而假面卿和琪辛等人為首的佐亞家則是排第二，自己（愛麗絲）將會是第三名。

「修鈸茲，我們動作要快。」

這並不是為了叮囑部下。

為了讓自己有所警惕，愛麗絲再次開口道：

「已經沒有時間猶豫了。」

Chapter.1　「星星記錄了一切」

1

世界最大的都市，帝都詠梅倫根——

這座都市被劃分為三個管理區。

第一管理區為政治和研究機構的集散地。

在此會召開制訂各項政策的議會，藉以決定帝國的一切。

第二管理區為居住區。

帝都的居民有七成都在這裡生活。住宅區的隔壁便座落著規模首屈一指的鬧區，來自世界各地的觀光客都會走訪此地。

至於第三管理區——

則是帝國軍的主要駐紮地，集中管理著各種廣大的演習場地。

「……總算抵達帝都了呢。」

在第二管理區的廣場入口處。

從廂型車下車的希絲蓓爾仰望著天空。此時已是深夜時分，太陽早已落入地平線的彼端，天空呈現一片**淺灰色**。

這不是漆黑無比的天空。

即使已是深夜，帝都的天空依舊明亮。

「……天空居然會明亮成這樣，真是讓人越看越不舒服呢。」

希絲蓓爾以有些傻眼的口吻說著，隨即嘆了口氣。

「都怪鬧區大樓燈火通明，這下連星星的光芒都看不見了呢。這在皇廳可是無法想像的情況呢。」

「噓，希絲蓓爾小姐，會被旁人聽見的。」

米司蜜絲隊長慌慌張張地對她附耳說道。

這裡是世界上對待魔女最為苛刻的都市。希絲蓓爾的話語若是被聽到，恐怕會被四下巡邏的警備隊團團包圍。

「欸，陣哥。音音我們算是很久沒回來帝都了吧？」

「算是吧。但對我們來說，老家終究還是老家啊。」

「……可是音音我不怎麼開心耶，反而是緊張的心情居多。」

「因為有要事等著我們去辦啊。」

陣和音音抬頭看著眼前的管制站。

「好啦——大家上車上車。車就麻煩小音音開啦。」

廂型車裡的璃灑揮手說道。

她的臉頰上貼了一層又一層的ＯＫ繃，大腿也纏著繃帶，看起來觸目驚心。

——這是與八大使徒盧克雷宙斯戰鬥後留下的傷勢。

在一行人即將抵達帝都之前。

等待著己方（伊思卡）的……並不是來自天帝的迎賓陣仗，而是八大使徒設下的圈套。

帝國內部並非團結一致。為了向天帝詠梅倫根宣戰，八大使徒一直虎視眈眈地等候良機。

……八大使徒盧克雷宙斯的電腦生命體遭到消滅。

……這代表我們正式和八大使徒分道揚鑣了。

就算待在帝都也不能大意。

畢竟受到八大使徒指使的刺客，隨時都有可能襲擊過來。

「小音音，妳應該知道天守府的位置吧？」

「是、是知道啦……」

「那就出發吧！天帝陛下可是在等著咱們喔！」

廂型車向前行駛。

車上載著伊思卡等第九〇七部隊的成員、希絲蓓爾和天帝的參謀璃灑。

「哎呀，小伊？」

坐在伊思卡對側的璃灑窺伺起他的臉孔。

「怎麼一臉憂心忡忡的神情呀？」

「……還請您自行推測。」

「因為和八大使徒大打出手，覺得事情棘手了？」

「這確實是其中一項原因。」

「還是說，因為要謁見天帝陛下而感到緊張？」

「這也是原因之一。」

不過，伊思卡已經對這兩種狀況做好覺悟。

不如說，他迄今一直懸在心上的部分反而是——

「我偶爾回帝都一趟，有這麼好大驚小怪嗎？」

留有黑髮、身穿黑色大衣，全身上下一身黑的師父。

他的身姿始終在伊思卡的腦海裡揮之不去。

「……和那個人的重逢實在是太過突然了。」

「是說小伊的上司嗎？」

「他不是上司，是我的師父啦。」

黑鋼劍奴克洛斯威爾。

他曾是天帝的護衛，也是星劍的第一任擁有者。

他在帝國境內四處漂泊，找來了諸多「有潛力」的年輕人並加以訓練。但訓練的過程嚴厲得宛如拷問，能熬到最後的，只有自己和陣。

他將訂製的狙擊槍交給了陣——

交給自己的則是星劍——

之後，師父在某天無聲無息地消失了。

「他平時就是會把我們突然拋下走人的個性，所以我也覺得何時和他重逢都不奇怪。但我怎麼樣也沒想到會是在這個節骨眼上……」

「如果要去見詠梅倫根，我勸你動作快點。」

那場重逢實在來得又快又急。

師父一開口，就在催促自己盡快去見天帝——而他的稱呼方式也教人在意。

……連身為天帝參謀的璃灑小姐，也是以「天帝陛下」作為稱呼。

……但師父卻不一樣。

他是以「詠梅倫根」稱之，表現得像結識已久的好友似的。

「璃灑小姐，您知道什麼相關內幕嗎？」

「嗯……咱只知道他們的關係**不太尋常**呢。如果很在意的話，不妨直接詢問天帝陛下吧？」

璃灑以極為隨性的口吻說道。

這時，她像是想起了什麼似的，朝著車窗的外頭看去。

「咱們準時到了。小音音，拐過那個彎後就停車吧。」

矗立在眼前的巨大建築物。

天守府——俗稱「無窗大樓」的建築物已經映入了眼簾。

2

天守府。

這是一百年前，唯一從始祖涅比利斯引發的戰火之中倖存的建築物。

「在這個地方，即使是咱也不能靠臉通關呢。」

璃灑走下了廂型車。

她取出了一張卡片型的身分證。這張卡片使用最新的認證技術，即使是天帝的參謀，若是沒有出示這張身分證，就無法獲准通行。

『准許璃灑．英．恩派亞通行。』

「辛苦啦。」

璃灑再次上了車。

「小音音，可以開車囉。進了腹地直直往前開就好。」

「……本宮感覺壽命要少了好幾年呢。」

搶在音音前面開口的，是一直吞聲屏氣的希絲蓓爾。

「……要是對方說要搜車的話該怎麼辦？」

「到時候裝傻就行啦。只要妳別把涅比利斯皇廳的第三公主身分說溜嘴，肯定不會有事的。」

咱也是為了保險起見才會同行的呀。」

「那麼，若是被天守府的警衛盤問該怎麼辦？」

「啊，沒事沒事。妳愛在天守府裡怎麼開口都沒關係喔。」

「咦？」

「因為裡面沒人呀。」

天帝參謀用下巴比了一下紅褐色的建築物，以若無其事的口吻說道：

「天帝陛下的住處可是杳無人煙呢。**畢竟陛下有著那副尊容呀**。」

天守府內部。

看到眼前的光景，希絲蓓爾吃驚得睜大雙眼。

「……這片死寂是怎麼回事？」

空無一人。

雖然天花板各處裝設著監視攝影機，但是朝著長達數十公尺的走廊看過去，卻無人在上頭走動。

叩……叩……

迴盪在走廊上的僅有腳步聲，完全看不見警衛或是行政人員的蹤影。

「叫璃灑的女人，妳剛剛指的就是這麼一回事嗎？」

「這裡姑且還是有人類待著啦。小伊應該也知道，這裡通常有幾名使徒聖駐紮於此，但因為腹地面積廣大，要遇到他們可是相當不易呢。」

「……真虧這裡有辦法維持保全系統呢。」

「妳覺得有那個必要嗎？」

走在前方的璃灑回頭看向希絲蓓爾，朝她聳了聳肩。

「妳覺得真的有人能潛入位於帝都最深處的天守府、躲過使徒聖的目光，直取天帝陛下的性命嗎？」

「…………」

「所以說，希絲蓓爾公主，妳也要向皇廳的人保密喔？」

「……本宮的心情很是複雜呢。」

「就是這樣啦。喏，我們馬上就要到囉。」

天守府採用的是五重構造的建築方式。

巨大大樓的內部搭建了四層高的塔（大樓），若是順著玻璃打造的走廊前進，就能前往「內側」的大樓。

而第五棟大樓名為「非想非非想天」。

大樓的門扉前方置放著一個漆黑的展示座。

「『天上天下，唯帝獨尊』……啊，希絲蓓爾公主，解鎖密碼也要保密喔。知道這個密碼的，放眼整個帝國也只有三十人左右呢。」

璃灑嘻嘻一笑，打開了面前的門扉。

——映入眼簾的是一座紅色大廳。

和大樓先前給人的冷冰冰印象大相逕庭。

不僅散發著柔和的木板香氣，還混有刺鼻的藺草氣味。強烈的紅色裝潢讓人看得精神一振，還隱約帶著異國風情（Exoticism）。

而在大廳的深處——

『嗨，總算來了呀。』

銀色的獸人正躺臥在榻榻米上頭。

其臉孔的五官像是貓兒和人類少女交融而成的模樣，他的雙眼如幼貓般碩大，整體的長相甚至會讓人心生討喜之情。

——獸人。

雖然給人怪物般的第一印象，但這名獸人正是帝國的首腦——天帝詠梅倫根本人。

『不管是梅倫還是這丫頭，都已經等得很疲倦囉。』

「燐！」

天帝正後方的圓形柱子底下——

一聽到希絲蓓爾的吶喊，在場所有人的視線隨即投向了那處位置。

只見茶髮少女被綁縛在圓柱上頭。

燐的身子被粗如人類手腕的繩子層層捆住，連雙手雙腳都被限制了動作。

「……希絲蓓爾大人……非常抱歉……」

遭受囚禁的燐不甘心地咬緊了後齒。

「小的不僅被敵方將領擒獲，還向您展露了如此醜態……這是我這輩子最嚴重的失誤……」

「燐！本宮馬上就來救妳！」

希絲蓓爾下定決心，朝著天帝一指。

「快把燐給放了！本宮可是應了你的要求來到此地，既然如此，你也該釋放人質吧！」

『好啊。』

「這樣啊，原來你沒那個打算。若是如此，本宮也自有安…………咦？」

『梅倫不是說要放了她嗎？真是個不聽人說話的孩子。』

天帝大大地打了個呵欠。

『順帶一提，梅倫並沒有把燐（這傢伙）綁起來喔。完全是放養狀態呢。』

「……什麼？」

希絲蓓爾愣愣地眨了眨眼。

「那是什麼意思？」

『她之所以會被綁在柱子上，是因為覺得維持自由之身並不好看，還認為在你們抵達之際處於遭受拘束的狀態會更好，才把自己五花大綁的喔。』

「笨、笨蛋！」

當事人——燐出聲吶喊道。

「我不是叫你別講……哎喲，真是的！」

燐身上的粗繩七零八落地滑落在地。

沒錯，這些繩子從一開始就處於鬆綁的狀態。連伊思卡也一眼看出燐採用了特殊的綁繩方式，只要稍稍施力，就能立即掙脫束縛。

……陣、音音、米司蜜絲隊長……還有璃灑小姐當然也都看出來了。

……但希絲蓓爾倒是被耍得團團轉。

希絲蓓爾半張著嘴，一副難以置信的神情。

而恢復自由的燐則是在她面前單膝跪地，垂首說道：

「希絲蓓爾大人，狀況如您所見。」

「……妳指的是剛才那齣鱉腳的鬧劇嗎？本宮現在最想發火的對象已經不是天帝，而是妳了呢。」

「如您所見。」

低垂著脖頸的燐繼續說道：

「這天帝**完全沒有加害於我的意圖**。他雖然是讓人恨得牙癢癢的帝國首長，但就小的判斷，目前的他並不是會危害希絲蓓爾大人的那種人。」

『——梅倫打從一開始就說過了呀。』

天帝慢條斯理地動了起來。

他從躺臥的姿勢坐起上身。

『涅比利斯皇廳的第三公主。』

「有、有什麼事……」

『不需要這麼害怕。妳來到這裡之前，應該也做好覺悟了吧？』

「……你是指哪方面的覺悟？」

『是見證「糟糕透頂之日」的覺悟喔。』

銀色獸人站起身子。

他依序向希絲蓓爾、第九〇七部隊的成員們和璃灑使了個眼色。

『跟梅倫過來。』

3

大陸鐵路縱貫了大陸的南北部。

在直駛於紅褐色荒野上的特快車之中——

「…………」

黑髮少女將手擱在窗沿，凝視著外頭的景象。

她的年紀約莫十三、四歲左右。少女有著一頭烏黑柔亮的長髮，身穿的禮服也顯得金碧輝煌。嬌柔可愛的少女，甚至給人一種人偶般的印象。

少女戴著遮住雙眼的眼罩——

她凝視著火車外頭的風景已經持續超過一個小時了。

「琪辛，覺得很罕見嗎？」

坐在她對面座位的是一名黑衣男子。

和名為琪辛的少女一樣，男子的臉上也戴著金屬製的面具。

——假面卿昂．佐亞．涅比利斯。

男子是佐亞家的代理當家，而琪辛則是佐亞家擁戴的女王候補。

「這麼說來，這是妳頭一次搭火車呢。」

「……是的，叔父大人。」

少女點了點頭。

就在少女打算回頭應答之際，假面卿制止了她。

「不，妳繼續看著窗外吧。這畢竟是妳首次見到的景象，好好欣賞吧。」

「……叔父大人，那座都市是？」

琪辛伸手指向地平線的彼端。

在紅褐色的荒野盡頭，隱約能見到看似都市的眾多建築物的輪廓。

「那應該是中立都市艾茵吧。是個文化和藝術盛行之地喔。」

「……文化和藝術？」

「是啊，但我勸妳打消念頭。畢竟這裡距離帝國疆域已是近在咫尺，在那裡可是很容易和正在休假的帝國士兵撞個正著的。」

「若是遇上那種事，我會出手排除。」

「不需要做這種麻煩的事。畢竟，我等馬上要進攻他們的大本營了。」

他們將要進攻帝國疆域——

而且是朝帝都詠梅倫根發起總攻擊。

搭上這輛火車的雖然只有佐亞家的戰力，但卻是以琪辛為首、足以用精銳兩字稱呼的星靈部隊。

「始祖大人即將和帝國軍展開劇烈衝突。帝國軍想必會傾巢而出，試圖阻止始祖大人吧。而我等便能趁著這個機會，光明正大地攻打帝都。」

「……是。」

「算算時間，女王應該也已經察覺我等的行動。她若要派人前來阻止，究竟會由誰出馬……哦，小愛麗絲現在想必是臉色大變地緊追在後吧。」

露家不打算和帝國進行全面性的戰爭。

他們肯定會派人前來阻擋始祖和佐亞家的行動吧。

「但如今為時已晚。」

若是現在才從皇廳出發，那肯定是趕不上的。

「小愛麗絲，快快折返吧。不管妳有什麼打算，都阻止不了始祖大人。妳就是千里迢迢地趕到現場，也只會看到名為帝國的野火燎原。」

＝＝＝＝＝

在一萬公尺高的上空。

巨大的雲海綿延如山，宛如棉花般柔軟。

一架飛機正駛過如此瑰麗的景觀。這架涅比利斯王室的私人客機裡，設置著王族專用的更衣室。而在更衣室之中——

「愛麗絲大人，小的已準備完畢。」

「……嗯，麻煩你了。」

愛麗絲僅穿著薄薄的內衣褲站著。

隨從少女手持貼紙，小心翼翼地貼在愛麗絲整個裸露的背上——這是為了遮掩愛麗絲背上的翼型星紋。

啪——貼紙貼上背部的冰冷觸感傳了過來。

冰冷的感覺像是貼了涼感貼布一般。對愛麗絲來說，這種貼上貼紙的行為和小朋友打針一樣，屬於「必須好好忍耐」的瞬間。

自己（愛麗絲）的星紋格外巨大。

無論和姊姊、妹妹或母親相比皆然。說不定她的星紋比任何一名王室成員都還要巨大。

若要舉個擁有類似星紋的例子——

……始祖的星紋。

……她的星紋和本小姐一樣呈現翅膀的形狀，也大得足以覆蓋整個背部。

星紋的大小和星靈的力量在某種程度上成一定的比例。

雖說面積較小的星紋寄宿強力星靈的案例層出不窮，但幾乎沒有出現過面積較大的星紋寄宿弱小星靈的案例。

……本小姐以自己的星紋為傲，這是身為星靈使的證明。

……但在今天顯得相當諷刺呢。

自己接下來——

必須阻止那個與自己的星紋極為相像的星靈使，哪怕動用武力也在所不惜。

「小的拿王袍（禮服）來了。」

「謝謝妳。」

她接過遞來的王袍穿上。

平時身旁總會有燐以熟練的手法協助穿衣，但如今的自己卻只能以陌生的動作穿上衣服。

「女王大人傳來了訊息。」

就在愛麗絲穿戴王袍的同時。

露家的隨從少女輕聲說道：

「有人在開往帝國的特快車上目擊到疑似假面卿的男子，也有許多佐亞家成員在場。」

「火車的抵達時間是？」

「預計再過四、五小時，應該就會抵達帝國國境了。」

「……我明白了。」

愛麗絲不甘心地咬緊了後齒。

果然被他們捷足先登了。佐亞家（對方）都已經下了飛機換乘火車，但自己還在飛機上。

……不只是佐亞家。

……始祖應當早已朝著帝國進逼，無論何時和帝國軍開戰都不奇怪。

這可不是開玩笑的。

她不能眼睜睜看著燐和希絲蓓爾與帝國一同陪葬。況且——

「我已經受夠了。管妳是始祖還是什麼，要是敢動本小姐的伊思卡，這次絕對不原諒妳！」

「愛麗絲大人？」

「啊。沒、沒事，什麼事都沒有！」

由於一時心頭火起，她不小心就脫口而出了。

眼見隨從一臉詫異地窺伺自己，愛麗絲連忙揮了揮手。

「……只是在自言自語罷了。」

道阻且長的帝國。

明明是愛麗絲在這個世界上最為痛恨的地方，但此時的她卻是心亂如麻。

4

天守府——

在天帝詠梅倫根的帶領下，在場的所有人搭上了與天帝謁見廳相連的電梯（Elevator）。

向下、向下、向下。

電梯朝著地下降去。

不對，這裡已經是可以被稱為地底的場所了。

顯示在電梯裡的數字也不是「Ｂ１」或「Ｂ２」，而是更直接地顯示著「深度四百公尺」這樣的地下深度。

「……你打算將本宮們邀去哪裡？」

『嗯？』

站在電梯中央的天帝轉頭望向了希絲蓓爾。

『希絲蓓爾公主，梅倫也是別無他法呀，妳不是說過，用星靈窺探過去的能力存在著效力範圍嗎？好像是以妳為中心的半徑三千公尺來著？』

「……所以本宮才問你，到底要前往多深的地底。」

『梅倫想看的，是在地下五千公尺處發生過的往事。也是呢，考慮到妳能力的有效範圍，就下降到地下兩千公尺處吧。現在剛好抵達囉。』

地下兩千公尺。

在電梯的門扉打開後，映入眼裡的是一處昏暗空曠的大廳。

「哦——原來天守府的正下方有著這樣的地下室呀。咱也是第一次來到這裡呢。」

璃灑一臉希罕地環顧周遭。

而天帝詠梅倫根則是踩著悠哉的步伐，朝著大廳中央走去。

『好了，抵達啦。希絲蓓爾公主，妳知道該怎麼做吧？』

「……讓本宮的星靈重現此地百年前的光景就可以了吧？」

『沒錯，要做得澈底一點喔。』

銀色獸人轉過了身子。

『始祖涅比利斯的誕生、梅倫的誕生、黑鋼劍奴克洛斯威爾的誕生——以及星劍被打造出來的前因後果，這些全都要播映出來喔。』

「…………」

希絲蓓爾驚訝地吞了一口口水。

她解開胸口的鈕釦，撕掉了貼在鎖骨下方用來遮掩星紋的貼紙。

——燈。

作為魔女證明的星紋，漸漸地散發出強烈的光芒。

「本宮最後確認一件事。你是要我用燈之星靈的力量，將一百年前的一切不加設限地全數再現嗎？如果你有具體想知曉的人物或地點，應該會更有效率才是。」

『哦，是這麼回事啊。那就將對象聚焦在梅倫——』

天帝講到一半，驀地握拳輕敲了一下掌心。

『不對，有個更合適的男人。你們都見過克洛了吧？身上還留有他的味道喔。』

「？你是指誰？」

希絲蓓爾愣愣地呆立在地。

對於涅比利斯皇廳的公主來說，會無法理解「克洛」這個稱呼是指誰也是理所當然。

因此——

「克洛斯威爾。」

為了讓希絲蓓爾也能明白，伊思卡正確地說出那個名字。

「我們剛剛不是才見過嗎？就是我和陣的師父。」

『沒錯，他既然特地現身，代表他釋出了「窺探我」的訊息。只要追溯他的過去，就能夠明瞭一切。只不過——』

他語帶玄機地頓了頓。

有著非人身姿的銀色獸人補上了這麼一句：

「梅倫得把話說在前，你們不要抱持著欣賞有趣電影的心態觀看喔。接下來播映的故事，是一場訣別（悲劇）喔。」

大廳被光芒包覆。

自希絲蓓爾胸口發出的星靈之光，在大廳裡形成了立體的影像——

百年前的帝國隨之復甦。

Memory. 「燈① —姊妹與怪人—」

1

單一要塞領域「天帝國」。

俗稱「帝國」的這個國家，如今正因為接連發掘出礦脈，在大量的鐵礦石和稀有金屬的供給下，逐漸攀上了前所未見的高度機械化時代。

無論是機械、住處（大樓）甚或是武器。

在金屬資源的供應下，以鐵礦為核心的種種建設被創造出來。

因此，帝國開始招募人力。

為了採取更多的資源，他們網羅全世界的年輕人進礦山工作。

——克洛斯威爾·葛特·涅比利斯。

當時年僅十五歲的「伊思卡之師」，也是來到帝國工作賺錢的其中一名少年。

2

帝都哈肯貝魯茲——

這裡是住辦大樓林立的十一號街。

大馬路的兩側同時有著木造住宅、以輕鋼架搭建的預鑄建築和嶄新的鋼鐵大樓，這些建築物無序而密集地遍布著。

而在其中一隅，黑髮少年克洛斯威爾正一手拿著地圖前行。

……啪噠。

附著在鞋底的黏稠感觸，大概是某人吐掉的口香糖吧。也可能是油漆，或是用於家具的黏著劑？

無法判別。

帝都的大馬路就是這麼「雜亂無章」。既繁雜又吵鬧。

「……還有一股煙臭味。」

應該是工廠排出的廢氣吧。

由於其中也有用來加工採掘出來的鐵礦的加工廠，所以藥劑的味道和煤味可說是臭氣薰天。

「雖然早就有心理準備了，但我真的得在這麼骯髒的城鎮過日子嗎……」

他揹著背包繼續前行。

他的目的地是住宅區——但那處住宅區並不存在大型的宅邸或是高級公寓，都是些只要花上一晚就能搭建完成的簡易住宅。

這裡是來帝國賺錢的年輕人們的暫居處聚集地。

而在這些簡陋的住宅之中——

自己（克洛斯威爾）所抵達的住處，就某方面來講可說是鶴立雞群。

「……這座由破銅爛鐵蓋的屋子是怎麼回事？」

這只是將薄鐵板折成房屋外型的簡易住宅。

屋頂僅由一片金屬板構成——

歷經風吹雨打的牆壁各處也有生鏽變色的痕跡。

「這裡真的是一個家嗎？不是倉庫或儲藏室之類的？就連鄉下的乾淨狗屋都比這裡好一點……」

這裡從今天起就是自己的家。

難以接受這般現實的克洛斯威爾，戰戰兢兢地敲了敲門。

很快就傳來了回應。

「不在。」

「……咦？」

「不在。家裡沒人。」

那是稚嫩的少女嗓音。雖然音質給人可愛的印象，但她的口吻卻帶著尖刺，可以感受到對方不耐煩的心情。

「不不，明明就有人在吧！妳這不是回話了嗎！」

他再次敲門，這回更是握緊了拳頭用力敲打。

「喂，快點開門啦！」

「不在。」

「少騙人了！」

「如果是來催繳水電瓦斯費，請等到五天後的發薪日再來。如果是來推銷的，人家沒半毛錢能付，請等十年後再上門吧。」

「不，我是……」

「吵死人啦————！」

門被一腳踹開。

有著暗金色頭髮的褐膚少女宛如起飛的火箭，她在踹開門後，順著衝勢踢向了自己的臉。

「嗚嘎！」

挨了這一記飛踢的克洛斯威爾登時仰倒在地。少女以跨坐在他臉孔上的姿勢落地後，朝著自己低頭看——隨即「咦？」地歪了歪頭。

「嗯嗯？總覺得好像在哪看過你耶？」

「…………」

被踹中鼻梁的克洛斯威爾痛得說不出話來。

而對方則是打量著自己的臉孔好一陣子後——

「哦，什麼嘛，原來你是克洛呀。」

褐膚少女「啊哈哈」地笑了笑。

——艾芙．蘇菲．涅比利斯。

這位十五歲的遠房親戚是克洛斯威爾的乾姊姊，其外貌和個性與兩年前相見時完全沒變。

「好懷念啊，你明明瘦得像根豆芽菜，就只有個頭特別大。上次一起洗澡的時候，你還喊著不想用洗髮精，嚇得逃出浴室了呢！」

「……鼻子好痛。」

「哎呀呀，真虧你找得到這裡。帝都的道路阡陌縱橫，差點迷路了吧？」

艾芙賊兮兮地笑了笑。

「從今天開始，**咱們三個就是一家人了**，讓我們開心地過日子吧？」

在破銅爛鐵屋（克洛斯威爾命名）——

克洛斯威爾被邀進屋內。

「……鼻子還在痛。」

「啊哈哈，別這麼生氣啦，不過是人家的膝蓋碰到你的鼻子而已。」

「……我記憶裡那個溫柔的乾姊姊到哪去了？」

「姊姊我還是一樣溫柔喔。喏，人家這不是給你水喝了嗎？」

這時候應該要端茶出來吧？

克洛斯威爾好不容易才把這句衝上喉頭的吐槽吞了回去。

這裡沒有茶葉這種奢侈品，咖啡一類的飲品當然也不會存在——只要環顧這間房子，就能輕而易舉地體悟到這樣的事實。

「……那個……」

克洛斯威爾將乾姊姊——艾芙遞來的水杯直接放到地板上。

「這裡連餐桌都沒有嗎？」

「要是擺了那種玩意兒，不是會阻礙睡覺的空間嗎？這個家可是窄得要命呀。」

就算坐在地板上，也沒有座墊一類的鋪墊物，只能讓屁股貼著冰冷的地板坐下。

順帶一提，整間屋子的有價物品，幾乎只有洗衣機和冰箱而已。

不僅沒有餐桌，連書架都沒有。

由於沒有衣櫥的關係，衣服只是折好之後堆在角落。連明顯看似內衣褲的衣物都隨意擱放，讓適逢青春期的少年（克洛斯威爾）不曉得該把眼睛往哪兒放，但艾芙本人似乎對此並不在意的樣子。

「哎，來帝國賺錢的年輕人基本上都是過著這樣的生活啦。」

「……我以為在帝國的生活會更有水準。」

「那是中產階級以上才能抱持的夢想吧？」

他的想法被乾姊姊斬釘截鐵地否定了。

「不過，帝國的礦工打工薪資比其他國家來得優渥喔。所以我們才會來帝國工作，克洛你也是吧？」

「明明薪水不錯，但這個家是……」

「因為人家把大約一半的薪水都寄回老家啦。別在乎這麼多啦，雖然這個家破破爛爛的，但住起來還是挺開心的喔。啊，說到工作——」

艾芙握拳敲了一下掌心。

房間的一角堆積著雜物和破銅爛鐵。艾芙挖開這座小山，從中取出一把電鋸和電動釘槍。

「拿去。」

「……『拿去』是什麼意思？」

在將電鋸和電動釘槍塞過來之後，艾芙以一副理所當然的神情指著天花板。

「最近屋頂漏水的狀況挺嚴重的。哎呀，多了個人手真是幫大忙啦。」

「……我可以回老家了嗎？」

世界第一大國——

有著日新月異的高度機械化文明，以及美輪美奐的都市街景。對年輕人來說，在此地工作是無與倫比的地位(Status)象徵。

自己一直都是這麼相信，也是一直這麼被灌輸相關資訊的。

全世界的年輕人想必也對帝國有著大同小異的印象吧。

「……結果根本是漫天大謊啊。」

能夠享受到帝國繁榮一面的，只有中產階級以上的居民。

而占了總人口四成的底層居民，只能過著領日薪的打工生活，住在相當於預鑄建築的樸素家園度日。

「……明明是來這裡賺錢的，想不到住處居然是比老家還要狹窄破爛的房子啊。」

抬頭見到的是一片灰色的藍天。

「灰色的藍天」聽起來雖然矛盾，但他只能用這樣的字眼形容。由於帝都各處都建有工廠，所以排出的廢氣總是讓天空呈現著昏暗的樣貌。

「危險物質混雜在廢氣中升天，再和雨水一同灑落，所以修補漏水也是很重要的……是吧。」

克洛斯威爾在屋頂的大洞上敲打著金屬板。

這終究只是應急措施，即使將大洞擋住，受到酸雨侵蝕的金屬板很快又會變得千瘡百孔。

「哎呀？你難道是……」

玄關前方傳來了說話聲。

一名提著超市購物袋的少女一看到在屋頂上的自己，便露出了容光煥發的神情。

「果然是克洛！我想說你差不多要到了呢！」

少女用力地揮著手說道。

「克洛，好久不見了。你長得好大了呢！」

「愛麗絲乾姊！好久不見！」

愛麗絲蘿茲．蘇菲．涅比利斯和艾芙一樣，是克洛斯威爾的乾姊姊。

姊姊艾芙和妹妹愛麗絲蘿茲。

就克洛斯威爾的印象，這對雙胞胎姊妹的長相和身高應該要很相似才對。

「？克洛，怎麼了嗎？」

「啊……呃、不，該怎麼說……」

從屋頂上下來後，他和乾姊姊愛麗絲蘿茲正面相望。

克洛斯威爾直率地認為——

眼前的少女在這兩年變得更為成熟且美麗。

少女亮麗的金色長髮宛如絹絲般隨風飄逸，紅寶石色的眸子閃爍著堅毅和英氣。端正的五官和血色充沛的雙唇，讓她散發著高貴典雅的誘人魅力。

而身材的變化也是不遑多讓。

在薄薄的連衣裙底下，隱約可見以少女的年紀來說過於早熟的雙峰。克洛斯威爾直率地覺得她和艾芙一點也不像雙胞胎——尤其是不像個妹妹。

「呃……其實愛麗絲乾姊才是姊姊？艾芙乾姊才是妹妹？」

「咦？克洛，你在說什麼呢？」

愛麗絲蘿茲看似開心地笑出聲來。

「你要是說這種話，可是會惹艾芙姊生氣的喔。畢竟她很——」

「人——家——都——聽——見——啦——」

雙胞胎姊姊氣勢洶洶地打開家門，探出了頭。

「喂，克洛。」

艾芙站到了愛麗絲蘿茲的身旁。

「你喔，和看到人家的反應是不是不太一樣啊？為什麼看到愛麗絲的時候會表現得這麼害羞啊？」

「咦？不不，妳誤會了……是說我遇到艾芙乾姊姊的時候，不就先被妳賞了一記飛踢了嗎？反應不一樣是很正常的吧？」

「少囉唆！人家可是愛麗絲的姊姊啦！放尊重點！」

艾芙雙手叉腰怒吼道。

雙胞胎姊妹——

和兩年前相比，姊姊艾芙完全沒有長高，而妹妹愛麗絲則是變得成熟許多，看起來完全就是一副姊姊風範。

「煩耶——反正人家就是長不高，看起來像個小孩子啦！」

結果惹得艾芙鼓起臉頰生悶氣了。

雖然這樣的反應相當孩子氣，但要是指出這點，肯定會讓她鬧起更嚴重的彆扭。

「姊姊，妳別這樣啦。克洛都傻住了呢……」

「還不是因為妳的關係！」

「呀啊！姊、姊姊，妳做什麼？」

艾芙從愛麗絲蘿茲的身後抱住了她。

這位姊姊一把抓住的，是以十五歲的少女來說顯得過於豐滿的胸部。

「這兩團巨大的玩意兒是怎麼回事！人家的營養都是被這些東西給吸走了對吧！」

「姊、姊姊！」

被突然抓住胸部的愛麗絲蘿茲登時滿臉通紅。

「不、不行啦……克洛在看呀！」

「是妳現給他看的吧！就是因為妳的關係，人家才老是被說是個不可靠或是不成熟的姊姊啦！」

「不、不要……姊姊，快住手呀！」

看著姊妹打鬧在一起的模樣——

「……看起來玩得很起勁啊。」

克洛斯威爾以呆板的語氣這麼回應。

而這就是——

少年與涅比利斯姊妹在帝都生活的開端。

3

帝都哈肯貝魯茲的日薪生活。

這裡的工作機會要多少有多少。

而占最大宗的，當屬在帝都地下採掘豐沛鐵礦石和稀有金屬的工作。不只是帝國而已，來自全世界各地的勞動人口都聚集於此，以礦工的身分辛勤工作。

「歡迎來到第五十四期地源觀測所。」

採礦場。

在克洛斯威爾等一干新錄用的勞工面前，身穿工作服的男子揚聲說道：

「我是現場監工拉比奇．馮．葛雷海姆。我原本也和你們一樣是領日薪的勞工，因為受到了帝都的公務員大人的提拔，爬上了這個位子。這是個能夠實現夢想的工作，有許多人都藉此出人頭地——跟我過來。」

帝都的正中央開了個大洞。

洞穴的直徑為五十公尺，從地上窺探只能看到一片詭異的漆黑，完全看不出這個洞穴的實際深度。

「……這根本是個無底洞嘛。」

由於看起來太過詭異，就算說這個大洞和地獄或是冥府相連，恐怕也會有人相信。

這就是地底採礦場。

眾人搭上與細纜繩相連的電梯，朝著深不見底的大洞降下。

電梯逐漸下到了距離地面兩百、甚至是三百公尺的深度。

「這就是支持著帝國繁華風貌的最前線。」

重歸一片死寂的電梯中，只有現場監工的話聲在四周迴盪著：

「這裡俗稱『星之肚臍』。雖然不曉得這名字是誰取的，不過你們得在這裡挖掘讓帝國發達所不可或缺的鐵礦或是稀有金屬。很簡單的工作吧？」

「……如果礦脈枯竭的話怎麼辦？」

克洛斯威爾隨口提問。

他原本只想當作自言自語，但現場監工卻朝他看了過來。

「**只要讓新的能源取而代之即可**。」

「？」

只要找出下一處採礦場就好——

這是自己原本預期的答案，但獲得的回應卻讓他感到一頭霧水。新的能源？那是什麼意思？

「請問……！」

就在克洛斯威爾打算繼續追問的那一瞬間。

隨著「喀咚！」響聲的一道衝擊，朝著地底下降的電梯停住了。

「歡迎來到地底四千公尺的世界。」

電梯門開啟。

現場監工伸手指向的，是名副其實的地底世界——

擺在眼前的，是被茶色和灰色交織的岩層所包覆的採礦場。

在散發著橘色光芒的電燈照明下，這裡明亮得有如白晝；但要是電纜線出了意外斷裂的話，這裡肯定會被比夜晚更為深沉的黑暗吞噬。

「我來介紹你們這群菜鳥的工作吧。你們要在這裡維護削岩機（Drill）。」

巨大的削岩機甚至要抬頭仰望才看得清楚。

挖掘地底的並非人力而是機械。在這裡工作的人，都是被僱來維護機械的。

「……具體來說要怎麼維護？」

「去問其他礦工吧。我得馬上和帝都的公務員大人們開會，對方可是計畫的負責人呢。」

現場監工朝著地面離去。

被留在採礦場，包含克洛斯威爾在內的少男少女們，只能怯生生地望向彼此。

地底四千公尺處的採礦場——

身為C級礦工——也就是見習礦工的自己的任務，就是在這「帝都最深的洞穴」裡維護削岩機。

「……我原本是這麼聽說的，結果只是在打雜啊。」

修理精密機械的工作，由其他專業的機械整備士（機工士）包辦。

舉例來說——在需要更換打碎堅硬岩層的水泥鑽頭的時候，身為礦工的自己就算自告奮勇，也是不被准許觸碰的。

至於自己實際的工作，則是搬運各種機械零件。

「像是加油、將機械零件塞進貨櫃、又或是將故障的機械運往地面……用維護兩字來概括這些內容，聽起來確實是動聽很多啦。」

實際上只是一直在出力幹雜活罷了。

不僅得搬運數十公斤重的機械零件，地底的空氣也相當稀薄。

而且還熱得像蒸籠似的。

「……難怪……得向外……招募人力……」

流出的汗水完全沒有止歇的徵兆。

光是來往採礦場的各個角落，就讓他精疲力竭。

「又悶又熱……再加上泥土味和汽油味……違反勞基法也要有個限度啊！會一個一個不幹了吧。」

他親身體驗到了人手不足的原因。

被帝國打出的「高薪打工」這個宣傳標語吸引而來的少年少女，很快就會因為承受不住過於苛刻的勞動環境而相繼退出。

「……原來如此，這裡是地獄啊……原來我是被派到地獄工作了啊。」

寥寥無幾的休息時間。

克洛斯威爾甚至連支撐體重的力氣都不剩。他直接躺倒在地，茫然地眺望著被岩層包圍的採礦場。

「喔——克洛，你是累爆了嗎？」

賊兮兮的說話聲傳了過來。

只見身著破襯衫的艾芙正俯視著躺臥在地的自己。

「如何，是一份苦到不行的工作對吧？人家和愛麗絲初次上工的時候也都累到昏過去呢。」

「克洛，你還好吧？」

接著，愛麗絲蘿茲也一臉擔心地俯視自己。

她雖然也和艾芙一樣穿著樸素的襯衫，但她那被汗水點綴的紅潤臉龐，竟有股難以言喻的豔麗魅力。

「……該怎麼說，兩者之間的落差也太懸殊了。簡直像是地獄的小鬼和天使之間的差距。」

「你說誰是小鬼啊！」

艾芙板著臉說道。

順帶一提，這對姊妹的工作是為在這裡工作的礦工們搬運瓶裝水和便當。雖然嚴苛的程度不比搬運機械零件，但依然是相當辛苦的勞動。

「……兩位乾姊，妳們在這地獄工作了多久啊？」

「嗯？什麼嘛，你已經想退出了喔？」

艾芙直接盤腿而坐。

「人家和愛麗絲都差不多剛滿一年。當時被錄用的共有五十人，但過了一年之後，大概只剩下七、八人左右吧？」

「……原來妳們是菁英喔。」

「只要能堅持一年，就能提升考核的成績。咱們都是來賺錢的嘛。」

「而且還有免費的便當呢。」

愛麗絲蘿茲微笑道：

「能省下午餐費，其實對於家計來說有很大的幫助喔。還有，這裡也有提供淋浴間，只要能在下工的時候去洗個澡，回家就可以省下洗澡的工夫了。」

「啊——是這樣沒錯呢。愛麗絲是這裡的常客呢。」

艾芙露出了得意的笑容。

「妳還為了多省些水，結果把淋浴間的水用得太過頭，因而被罵過一頓呢。」

「姊、姊姊！」

「這裡的淋浴間是男女共用的喔。那些臭男生都有夠偏袒的。明明人家排隊的時候一點反應也沒有，一旦愛麗絲加入隊伍，就突然會有人開始讓她先排，而愛麗絲也會笑吟吟地對他們說：『謝謝您。』喔。真好啊，長得漂亮就是有優勢呢。」

「才、才沒這回事呢！克、克洛，這都是她誤會了！」

「少囉唆——！妳明明一直在賣弄姿色，有什麼好誤會的！」

「呀啊！」

艾芙繞到了愛麗絲的身後，一把抓住了她豐滿的臀部。

愛麗絲的慘叫聲迴盪在採礦場之中。

「不、不可以啦，姊姊……克洛還在看呀！」

「還不是妳到處搔首弄姿害的！」

「旁、旁邊還有其他人在看呀！」

「妳不是平時都給他們看個過癮嗎！不是把這對大屁股秀給他們看嗎！現在還有什麼好害羞的啦！」

兩姊妹打鬧了起來。

紅著臉逃跑的妹妹，與緊追在後的姊姊。在逐漸明白這是雙胞胎的日常景象後——

「……我要休息一下了。」

克洛斯威爾維持著睡姿，就這麼閉上了眼睛。

4

帝國**最深處**的採礦場——「星之肚臍」。

在地下四千公尺這種讓人頭昏眼花的地方勞動，也不知不覺過去了十一天。由於逐漸習慣工作，克洛斯威爾的周遭也起了變化。

他多了幾個工作的伙伴。

「早安，克洛！今天也是一大早就一臉疲憊呢！」

「……因為我一大早就得照顧兩個乾姊，累死我了。」

以輕巧的步伐跑過他身旁的，是茶髮少女繆夏。

在這座採礦場裡，她嬌小的身材和艾芙比肩。年僅十四歲的她是最年少的成員。她本人的說法如下——「因為和家裡吵架所以離家出走，目前正為了獨立而跑來賺錢」。

不過，她本人的個性倒是相當快活，甚至能不當一回事地向他人坦白這般內情。

這時——

邁步走來的艾芙開了口：

「喂，克洛，你可要當心一點。這女人只要和男人對上眼，就會表現得一副親切的樣子。」

「嗄？咱不管對誰都很親切呀，是妳對別人太不親切了吧，小矮子！」

「哈！居然說人家是小矮子？妳才是更矮的那一個吧！」

愛麗絲蘿茲看似開心地眺望著兩人的互動。

「她們感情很好吧？」

接著微微露出了苦笑。

「在這裡工作的孩子大概都是這樣喔。由於年齡相近的關係，所以聊得很開，也會一起吃飯，就像是家人一樣融洽。當然，克洛也是我們的一分子喔。」

「……愛麗絲乾姊，妳不去制止她們打鬧嗎？」

「德雷克會出面制止的。」

她像是看準時機似的這麼一開口——

就有人用力拍手說道：

「要開早會了。今天有要向各位宣布的特別事項。」

說話的是茶髮的青年德雷克。

他在這座採礦場已經工作了三年，是今年將滿十九歲的班長(Leader)。

「下午會有貴賓到訪，說是想看這座採礦場的狀況。」

「貴賓？」

艾芙愣愣地歪起了頭。

「什麼貴賓啊？是誰來著？」

「是特別視察團。我只聽說是帝國的大人物，但看拉比奇監工從一大早就緊張得心神不寧的模樣，應該是位居高位的公務員吧。」

「……呿，是人家最討厭的傢伙。」

「下午會有召集令，一旦召集令發布，所有人就立即停下手邊的工作，來這裡集合吧。」

眾人隨即解散。

數十名礦工紛紛回到自己的工作崗位。而克洛斯威爾的工作內容自然就是搬運機械零件的艱苦勞動。

「————」

他仰望著被層層圍籬包圍的巨大削岩機。

在這兩週的時間裡，他以礦工身分工作的同時，也打探了採礦場一番。而他發現——

「……果然有點古怪。」

「喂，克洛，你幹嘛站著發呆啊？」

身後的艾芙用手肘頂了他一下。

「班長（德雷克）也就算了，要是被那個囉嗦的監工（拉比奇）看到，你可是會挨一頓罵的喔。況且今天還有視察團要來，他肯定是把皮繃得死緊呢。」

「艾芙乾姊，我有一個想法。」

「沒人想聽你的感想啦。不過，人家姑且聽一下吧。怎麼樣？」

「**這裡真的是採礦場嗎**？」

這裡挖得到鐵礦石。

在得知這樣的說明之後，他們被帶到了這處地底。

「可是，我從來沒看過鐵礦石被採掘到的瞬間。我也問過了繆夏和德雷克，他們同樣對此一無所知。德雷克可是已經在這邊工作三年了喔？」

「────」

「我在想，該不會所有人都從來沒見過鐵礦石被採掘到的那一瞬間吧。」

被稱為星之肚臍的帝都最深處。

這裡開設的目的，該不會根本就不是開採鐵礦吧？

「**會不會是在挖掘別的東西呢**？」

「什麼啊，克洛，你怎麼在煩惱這種學者才會思考的事啊？」

艾芙噗嗤一笑。

「咱們這種小嘍囉就是想破腦袋也沒什麼用吧？」

「艾芙姊，妳就不好奇嗎？」

「不會啊。不管這邊要挖的是鐵礦石還是石油──甚至是恐龍的化石都無所謂。咱們在地下挖洞，然後有錢可拿，這就────」

就在艾芙說到一半的時候。

電梯的方向傳來了陣陣騷動。

「所有人集合！過來列隊！」

拉比奇監工的大嗓門撼動了地下四千公尺處的採礦場。

「啊，糟糕……已經是這個時間啦。真是麻煩耶。」

艾芙咂了一聲，隨即拔腿狂奔。礦工們圍繞著電梯集合，而在克洛斯威爾抵達的時候，所有人都已經排好隊伍了。

「你們在這裡待命。一旦看到**皇太子殿下**，就要用掌聲迎接他！」

「……皇太子？」

「……真的假的？所謂的皇太子，該不會是那位天帝的公子吧？」

艾芙和愛麗絲蘿茲不禁面面相覷。身旁的繆夏和德雷克班長也露出了意料之外的錯愕神情。

叮——

克洛斯威爾等人仰望著從上方抵達的電梯。

「恭迎皇太子蒞臨！」

「詠梅倫根殿下來視察了。所有人鼓掌！」

首先登場的是特勤警官（Sercret Service）。

現身的十幾名男子個個高頭大馬，全都穿著西裝。

而在他們的身後——

身穿潔白衣裳、有著一頭蔚藍髮色的皇太子隨之現身。

「咦咦！居然是本人蒞臨嗎！」

繆夏忍不住脫口而出，又連忙遮住自己的嘴巴。

也不曉得這句話有沒有傳到來賓的耳裡——

「初次見面。」

皇太子展露純潔的笑容和清澈的嗓音，對眾人露出和藹的微笑。

該用男童高音來形容嗎？難以區分是少女、還是處於變聲期前的少年嗓音，顯得相當中性。

長相也是如此。

他有著小貓般的碩大雙眼，以及小巧的鼻子和嘴巴。

雖說是天帝的獨生子，但目前站在眾人眼前的皇太子，正散發著嬌憐少女般的羸弱氣息。

「果然真正的大人物散發的氣質就是不同。」

「……哼，誰管他啦。」

愛麗絲蘿茲發出了感慨的低語，而艾芙則是嗤之以鼻。

「明明是個男人，卻長了一張可愛的臉蛋。看他那張臉就知道沒吃過苦。」

「是這樣嗎？」

「那還用說。他可是皇太子喔，皇太子。那張臉也沒散發什麼氣質，就只是一張瞧不起人的臉啦。」

「……他的臉說不定比姊姊還可愛呢。」

「喂，愛麗絲？」

克洛斯威爾從低聲爭論的雙胞胎姊妹身旁離開——

他茫然地遠眺著由監工領路參觀的皇太子的背影。

……居然跑來視察這種地方？

……這裡可是連碎鐵礦都挖不到的挖礦場啊。**他來這裡觀摩什麼**？

無論是礦山還是採礦場，在帝國境內是多如牛毛。

他為何偏偏挑上了這種地方？

「————」

一個小時後。

在視察結束的皇太子回到地表之前，克洛斯威爾一直抱持著揮之不去的疑問。

5

帝都的街景逐漸被夕陽染紅。

此時是傍晚時刻。

渾身泥濘的克洛斯威爾等人在終於下工之際，罕見地被拉比奇監工喊住了。

「咦！咱們所有人都有特別獎金可以拿嗎？」

「沒錯。這是今日蒞臨的詠梅倫根皇太子釋出的美意。你們今後也要盡力工作啊。」

「會的會的！感謝皇太子殿下！啊啊！人家愛您——！」

艾芙捧著裝有獎金的信封，興奮地蹦跳了起來。

這是前所未有的特別待遇。

「哎呀——皇太子大人真是太棒了，人家一眼就看出他是個氣質高雅的貴人呢。他能不能明天也過來視察呢？然後能不能再發一次獎金呢？」

「……姊姊真好收買呢。」

妹妹冷冷地盯著姊姊的反應。

「欸，愛麗絲，今天的晚餐難得地奢侈一下吧！」

「咦？姊姊，我們不是要把錢存起來嗎？」

「存什麼錢啊，傻瓜。人家信奉的可是今朝有酒今朝醉的主義。喂，克洛，你先回家洗衣服，人家要和愛麗絲去超市一趟！」

「請慢走……啊，已經跑掉了喔。」

轉眼間，姊妹的身影便消失在遠處了。

而自己則是乖乖地踏上回家之路。

他緊抓著裝有獎金的信封，朝著住處的方向前進，就在這一瞬間——

「嗯？」

某人急促的腳步聲從身後傳來。

是乾姊（艾芙）姊回來了嗎？

就在克洛斯威爾這麼想著並回頭的瞬間——他手中裝了獎金的信封被一把搶走了。

「啊！」

要是有把信封收到口袋就好了。

克洛斯威爾已經沒有後悔的時間了。只見抓著信封的少年沿著街道向前奔去，他穿越了人群，很快地越跑越遠。

「喂、等一下！」

搶走信封的是一名嬌小的少年。

雖然穿著樸素的襯衫和長褲，但蓋住他腦袋的帽子相當顯眼。這頂帽子或許是用來遮蔽長相，但對於追逐的一方來說卻成了顯著的標記。

「喂，你要是把那東西偷走的話，我可是會挨罵的！」

雖然被偷走獎金也讓人扼腕，但他更怕惹兩個乾姊姊生氣。

他在帝都的街道上全速奔跑著。

扒手的年紀明顯比自己更小，如果只是單純的你追我跑，克洛斯威爾不認為自己的速度和體力會輸給對方……然而，這也得建立在自己做好萬全準備的前提下。

現在的自己才剛汗流浹背地工作了一整天，根本無法用全力好好奔跑。

「可惡，我可是已經累得像條狗了啊……！」

雖然沒有縮短距離，但也沒被對方拉開。

兩人比拚著耐性——

最終耐不住性子的是扒手少年。他從一處街角拐彎，衝進了小巷裡。

「唔？這小子……」

不是帝都的居民——因為這條小路的盡頭是死巷。這等於是對方已經落到了自己的手裡，而對於帝都的居民來說，這是個無人不知的常識。

「啊！」

一如預料，戴著帽子的少年緊急煞車。

展露在他面前的是堵住了三個方向的水泥牆。他無處可逃了。

「抓到你了，你這個笨蛋！」

「嗚哇！認、認輸了，這次是朕輸了！朕投降！」

「你在說什麼鬼話？朕什麼朕啊？明明是個扒手，講話還一副高高在上的樣子。」

克洛斯威爾從身後架住了少年。

……？

……這小子是怎麼回事？

雖然先前就知道這名扒手身材嬌小，但在緊抱住對方之後，他才發現對方的身體比看起來還纖細，而且柔弱無力。

「放、放開朕！等一下，你動粗的話帽子會————啊！」

被克洛斯威爾架住的少年拚命掙扎著。

結果因為用力過猛，原本遮住了半張臉的帽子就這麼掉了下來。

一頭鮮豔的藍髮迎風飄揚，接著露出了一張可愛的臉蛋。在夕陽的照耀下，那名扒手的側臉儼然就是——

「唔！是你！」

「……啊哈哈，曝光了呢。」

皇太子詠梅倫根。

在採礦場曾和自己對上一眼的皇太子，此時就在眼前展露出尷尬而害臊的笑容。

然而，這對自己來說也是一頭霧水。

……不對，等一下啊。

……為什麼會是皇太子？為什麼會來當扒手？發生什麼事了？

那名孩童露出了意有所指的目光凝視著自己。

「那、那個……你認得朕對吧？快放開朕啦。」

「————」

克洛斯威爾沉默地思考了一下。

最後，他決定將眼前的人當作「不認識」。

「反正一定只是長得很像的其他人吧。」

「咦！」

「我不曉得你是誰，也沒見過你。我要把搶我薪水的小偷直接帶去報案。」

「～～～嗚！」

神似皇太子的孩童登時臉色鐵青。

「你、你等一下呀！不、不行不行，要是這麼做的話，會把事情鬧大的！」

「本來就是你鬧事在先吧？」

「朕沒有惡意！」

「壞蛋都是這樣說的。呃——離這裡最近的派出所在……」

「慢、慢著！好吧……那做個交易吧。朕會給你這筆獎金的十倍金額，希望你能讓這件事一筆勾消。」

「這附近有警察先生在嗎？」

「聽朕說話啦——！」

扒手奮力掙扎著。然而他不僅個頭嬌小，身材也相當瘦弱，所以不管再怎麼抵抗，都無法從自己的手底下逃脫。

「你要給我十倍的金額？如果這麼有錢的話，為什麼還要去扒別人的財物？」

「真的真的！你以為朕是誰！」

「不知道。」

「你看仔細點！看朕的臉呀！」

少年在這麼主張的同時，將側臉從近距離貼了上來。

不愧是艾芙也曾誇過的「可愛的臉蛋」，他有著惹人憐愛的五官和豔麗修長的睫毛，讓人莫名聯想到貓兒的可愛大眼，也教人印象深刻。

看似少年、又看似少女，這張中性的臉孔無疑就是——

「皇太子詠梅倫根。」

「沒錯！」

「……看來是個冒名頂替的傢伙，幫你加上一條詐欺罪吧。」

「不——是——啦——！」

扒手依然揮舞著手腳掙扎著。

「看看朕這氣質十足的臉孔、聽聽朕高雅的嗓音！這不都彰顯著朕的身分地位嗎！」

「哪有人會說自己很有氣質的。」

「…………警告。要是你繼續觸碰朕的身體，朕稍後會對護衛們表示『被你上下其手了』。你這樣也無所謂嗎？」

「？」

這個扒手在胡說八道些什麼啊？

即便他真有萬分之一的機率是真正的皇太子，在這個國家裡，皇太子理當是只會賜給男性皇子的稱號才是。

「你這人還真是沒禮貌。」

被架住雙手的扒手，不知為何表現出狂妄自大的態度。

「你明明都碰了朕的上下各處，結果還是不明白嗎？」

「…………」

以一名男性來說，這樣的說詞確實是有些不尋常……但若是問克洛斯威爾是否在觸碰一名少女的身體，他也因為感受不到相關的特徵而難以回答。

「……算了，我也差不多累了。」

克洛斯威爾鬆開了對扒手的拘束。

反正這裡是一條死巷，就算沒抓住他，對方也逃不出去。

「喏，把東西還來。」

「真拿你沒辦法。下次可要小心，別讓人扒走錢財啦。」

「明明就是個小偷，口氣倒是自命不凡。」

「朕不是小偷，是皇太子。」

對方坦率地將裝有獎金的信封遞了過來。

他撿起掉落在地的帽子，撣了撣上頭的沙塵——

「朕不是想要錢財，只是想知道偷走別人的東西會有什麼結果。」

「？你不是被我逮住了嗎？」

「朕就是很想知道，民眾如果突然被人搶走持有物的話會有何反應。是會大聲嚷嚷呢？還是會大鬧一番呢？還有……朕也想知道，對方在察覺朕的身分之後會有什麼反應。是不是會在驚訝之餘向朕道歉呢？」

「……嗄？」

「朕並沒有任何物質方面的慾望。」

皇太子詠梅倫根將手中的帽子抱在胸前。

「無論是這頂帽子還是這身衣服——身為皇太子的朕，只要一張口就是應有盡有，這反而讓朕對物質類的東西提不起勁，並對獲取新知一事產生了興趣。」

「……結果幹勁都用在求知慾上頭了是吧。」

這種與俗世脫節的煩惱，感覺確實是挺有皇太子的風格。

要是剛剛那席話被艾芙聽見，她肯定會立即祭出一記飛踢吧。

……看起來真的是本人啊。

……畢竟換做是其他人，應該想不出如此複雜的扒竊理由吧。

對方似乎不是冒牌貨。

正是今天白天前來視察的皇太子詠梅倫根本人。

「不，等等，不管你是什麼身分，都不代表偷走我獎金的罪可以當作沒發生過。」

「你就放朕一馬嘛。」

他像隻討食物的小貓似的，直直地盯著克洛斯威爾瞧。

「對啦！」

結果皇太子才沒盯著他幾秒，就驀地搥掌說道：

「你要是願意放過朕，朕就贈與你一個珍藏已久的名譽！」

「是什麼樣的名譽啊？」

「那就是和朕對話的權利！」

皇太子大大地攤開雙手。

「朕一直在找能好好談話的對象。畢竟天帝（父親大人）總是相當忙碌，朕又閒得發慌，而且這也能讓朕得知民情輿論呢。」

「等等，這對我來說一點好處都沒有啊。」

「能成為朕的談話對象，光是享有這樣的權利，就是這個世界的無上福氣了吧？」

「…………」

閃閃發光的雙眼——

面對炯炯有神地仰望自己的詠梅倫根，克洛斯威爾卻是冷漠地俯視。

「好。」

克洛斯威爾一把揪住了他的手腕。

「我還是把你送到派出所吧。」

「為什麼啦————？」

克洛斯威爾在帝都的生活——

他與涅比利斯雙胞胎姊妹，以及一名怪人所度過的日子就此展開。

Memory. 「燈② —星星哭泣之日—」

1

在帝都開始生活，已經過了五個禮拜。

克洛斯威爾的生活如今新增了一項「日常」。

他一週有六天得去採礦場打工，而剩餘的一天則是得趁著上午做好家裡的洗衣和打掃，並做好一整個禮拜的便當菜放入保鮮盒。

在完成這些家務後——

「喂——克洛，你要去哪裡啊？」

「……散步。」

克洛斯威爾若無其事地回應乾姊姊艾芙後，便溜出了家門。

他的目的地是帝都十一號街的一條死巷。沒錯，正是他和那名「扒手」首次交談的地點。

一如往常的空地。

克洛斯威爾抵達那裡後，便聽到了可愛的「喵」叫聲。

「啊哈哈，你們看起來一副無憂無慮的樣子。」

只見皇太子詠梅倫根正在拿飼料餵食野貓。他和初次見面時相同，身穿樸素的變裝用衣，也戴著能隱藏面容的大帽子。

「啊，克洛來了！」

一看到自己，詠梅倫根便喜孜孜地摘下帽子。

「都不曉得哪邊才是貓了。」

「嗯——？你那是什麼意思？」

詠梅倫根朝著自己投以白眼。

但他似乎相當受用的樣子，就連語氣都顯得雀躍幾分。

「算了，來這裡、來這裡！」

堆疊起來的廢棄鐵柱成了臨時座椅。

坐在上頭的詠梅倫根指著自己的身旁，以手勢示意克洛斯威爾就坐。

——皇太子的談話對象。

這項嶄新的日常，他已經在這裡體驗兩、三次了。

基本上都是由詠梅倫根開口，自己則是負責聆聽。有時詠梅倫根講累了，就會由克洛斯威爾聊些無關緊要的瑣事。

「朕以前對所謂的大眾澡堂很有興趣。你想想，朕平常都是一個人去專用的豪華浴室洗澡的嘛。」

「你雖然講得一副我很清楚的樣子，但我對你的洗澡方式一無所知啊。」

「朕不就告訴你了嗎？」

詠梅倫根以一副理直氣壯的口吻繼續說道：

「當時的朕想去偷窺女澡堂。因為朕想知道偷窺之後會發生什麼事。」

「……啥？」

「結果被人逮個正著，造成了一場騷動呢。」

詠梅倫根伸出舌頭，嘻笑了幾聲敷衍過去。

「哎呀，那個時候還真的是挺難搞的。那場騷動的規模比偷走克洛的獎金袋時大上許多，為了不讓那件事登上新聞，朕可是煞費苦心呀。」

「……原來你是個變態男啊。」

「嗯？朕有說過自己是男人嗎？」

詠梅倫根側著那張中性的臉孔，像是在惡作劇似的吊起了嘴角。

「老實說，在偷窺男澡堂的時候也鬧出了一場風波呢。」

「原來你是慣犯？」

「沒啦沒啦。朕先偷窺男澡堂，之後才是女澡堂。因為朕兩邊都想試啊。畢竟朕的外觀似乎是不男不女的，所以朕才想對此做個實驗。」

「……這會造成很多人困擾吧。」

「不過很好玩喔。」

當事人「啊哈哈」地笑了笑。

看來，這位皇太子似乎有在帝都各處惡作劇的壞習慣。恐怕每當他鬧了事，家臣們就得焦頭爛額地把相關消息全數抹消吧。

「——朕就是想聊這些事。」

詠梅倫根輕巧地站起身子。

他拍了拍屁股上沾到的塵埃，戴起了原本抱在胸前的帽子。

這次的對談就此結束。

皇太子詠梅倫根的自由時間相當有限。考慮到往返天守府的路程，他每次能對話的時間大概只有二十分鐘左右。

「那麼朕要走了。」

「嗯。」

「呃，朕下次有空的行程……是九天後的下午四點啊。那就一言為定囉！」

「嗄？喂，你不問我有沒有空嗎？我還得工作啊！」

「朕會等你喔！」

這名怪人就這麼揮著手，像是要融入十一號街的街景似的快跑離去。

2

九天後。

克洛斯威爾一次又一次地瞥向掛在家裡牆上的時鐘。

「……我為什麼要這麼神經質地確認時間啊？」

明明是對方單方面立下的約定。

今天當然也有採礦場的工作要做……本來應該是這樣的。

而他今天則是湊巧地從中午過後不需工作。由於帝國的高層再次前來視察，他們這些礦工便被驅離了現場。

「雖然我覺得不太可能，但這該不會也是那小子安排好的吧……」

下午三點。

總覺得要是每次都隨傳隨到，他就會和對方建立起奇妙的主從關係，所以克洛斯威爾一直有些猶豫不決。

「……嘖。好啦，我就去見個面吧。」

他慢吞吞地站起身子。

順便去路邊的攤販買些糖果點心吧。他想看看皇太子要是吃到帝國庶民平時享用的便宜點心時，會露出怎麼樣的反應——

「喂，克洛。」

就在他想到這裡的時候，乾姊姊艾芙回到家了。

「要麻煩你修理屋頂了。」

「咦？」

「氣象預報不是說今晚會下大雨嗎？你上次修理的地方已經鬆脫了，現在都有風從縫隙裡灌進來呢。」

等一下——

他險些就將這句話脫口而出。時間點真的太不巧了。

「那個，乾姊，我現在有點事——」

「現在最要緊的事就是修理屋頂吧？」

「…………」

他無話可說。

乾姊姊的主張非常正確，而自己也得知了豪雨特報。從屋頂灌進的冷風若是源自於自己修繕不力，確實有必要好好修補。

只是自己和那小子還有約——

「拜託你啦。人家和愛麗絲接下來要去買晚餐呢。」

「…………我知道啦。」

他只能以無力的嗓音這麼回應。

正如乾姊姊艾芙所言，屋頂的修繕確實有疏失。他這次只花了不到上次一半的時間便修理完成，也是熟能生巧的緣故吧。

然而——

現在是**下午五點**。

克洛斯威爾將修理工具收拾完畢的時候，一切都已經太遲了。

「…………」

他抬頭仰望天空，只見厚重的雨雲形成了陰天。

不曉得何時會開始下雨。也不曉得是不是自己的錯覺，大馬路上的人們似乎也擔心著降雨，步伐看起來比平時更為匆促。

「……結果去不了啊。」

比約好的時間晚了一小時，完全是放了對方鴿子。

對方是皇太子，而且還是相隔九日才有空溜出天守府的大忙人，想必不可能容忍超過一個小時的遲到行為。

他肯定已經不在那處空地了吧。

對於睽違九天才終於能夠外出溜躂的皇太子來說，一個要他等上超過一個小時的庶民，肯定足以讓他對自己失望透頂。

沒錯。這可是他相隔九天的外出行程啊。

「唔……等等。」

克洛斯威爾突然想到一件事。

他一直都是站在自己的立場思考，所以對於客觀的認知有些欠缺考量。

……雖然被他擅自安排了碰面的日子和時間。

……我也向他抱怨要顧慮我這邊的行程。

那麼自己——

可曾站在皇太子（那小子）的立場思考過他的行程？

「明明是相隔九天後好不容易獲得的數小時空檔，那小子……居然拿來和我碰面啊。」

比鉅額財富更有價值的少許自由時間。

他還是選擇了拿來和自己見面。對方都願意做到這一步了，自己卻打算抱持著「反正他已經回家了吧」的想法不了了之？

自己甚至不曉得他是否已經回去了。

「————唔！」

回過神來。

克洛斯威爾已經氣勢洶洶地推開家門，從屋子裡衝了出去。

他沿著大馬路一股腦兒地跑去，與踏上回家路途的上班族和攜家帶眷的人們呈反方向前進。

他以十一號街的死巷為目標，猛喘著氣一路狂奔。

「呼……嗚……呼……呼…………」

下午五點半。

在已經變得昏暗的死巷廣場裡。

被小貓們包圍的詠梅倫根，正孤伶伶地蹲在地上。

「————」

也不曉得是呼吸聲還是腳步聲的關係。

在察覺自己到來後，詠梅倫根維持蹲姿抬起了頭。

他究竟是生氣了，還是感到難過？

但他所展露出來的，是不屬於這兩種情緒的——混雜著諸多思緒的眼神。

「……那個……」

被他碩大的眸子直視，克洛斯威爾搔了搔自己的後腦勺。

「……抱歉，我來得有點晚了。」

因為忙著修理家裡的屋頂——

但他很清楚這種藉口說了也沒有意義，所以沒有宣之於口。

「——朕還是第一次。」

詠梅倫根輕聲低喃。

他輕輕地嘆了口氣說道：

「這是朕這輩子第一次遇到這種事。頭一次遇到對方失約，只得傻傻地等待下去。」

「…………」

「原來如此，一旦對方失約，人類就會感受到如此空虛的心情啊。朕又學到了一課……在這個世界，也存在著不知道反而更加幸福的知識啊。能學到這一點，也算是有收穫了呢。」

皇太子仰頭看向灰濛濛的陰天。

天空在這時落下了雨滴，輕輕地打在他藍色的瀏海上頭。

「下雨了呢。你有及時修好屋頂嗎？」

「……唔！」

「朕當然對你的身家做過調查啦。畢竟朕就是膽子再大，也沒辦法放寬心胸和一個來路不明的對象會面呀。」

至此——

詠梅倫根的嘴角總算是微微地展露了笑意。

「但朕已經得走了。朕可是忙得很呢，等等晚上又得去開會了。」

「……抱歉。」

「真是的。」

在這麼嘆了口氣後——

詠梅倫根取出了一個裝在漂亮盒子裡的通訊機。

「朕叫部下買來了這個東西。這是最新型的LinLin-X6通訊機。既然要放朕鴿子，至少要通知一下道個歉吧？」

他隨即將盒子推了過來。

「……你要送我嗎？」

「你可要片刻不離身地帶著走啊。已經幫你把朕的私人號碼加進去了。」

這大大地超出了克洛斯威爾的預期。

他原本做好了被大罵「不需要你了」的心理準備，卻萬萬沒想到換得的竟是今後能夠更方便聯絡的手段。

「還有，你應該也知道，由於朕的身分是皇太子，要是你冷不防地打電話過來，可是會讓家臣們起疑的。」

「……我才不會主動打給你咧。」

「朕打給你的時候，要在五秒鐘內接起來。」

「還真不公平啊！」

「還有，朕不准你記下其他人的電話號碼。」

「也太沉重了吧！……但仔細想想，我也沒其他對象的號碼能記啊。」

一起同居的乾姊姊不可能擁有這種昂貴的物品。

採礦場的同伴們也一樣。

「那下次一定要準時喔。八天後的下午兩點見！」

在逐漸增強的雨勢之中——

詠梅倫根也不撐傘，只靠著帽子遮雨，就這麼朝著大馬路奔跑而去。

在目送著這名怪人離去後——

克洛斯威爾也在滂沱大雨中回到了自己的住處。

「我回來了。」

「喂，克洛！你在這陣大雨中去了哪裡啊？」

「克洛，你被淋得一身濕了耶！」

一回到家，兩名乾姊姊便慌慌張張地圍住了他。

「克洛，你到底是怎麼了？不趕快換衣服的話會感冒的喔！」

「……不、不用，淋這點雨不會有事啦。」

妹妹愛麗絲蘿茲將浴巾遞了過來。

至於姊姊艾芙則是莫名地亮起雙眼，發出了意有所指的「呵呵」笑聲。

「人家懂了！愛麗絲，這小子是去找女人了！克洛，你跑去幽會了是吧！」

「克洛去找女孩子？原來你是去約會了呀！」

「不是啦！」

那不是約會，只是單純的聊天罷了。

而且說起來，對方還是個難辨雌雄的一名怪人。

「這樣啊、這樣啊，原來克洛是去找女孩子了。呵呵，克洛也到了這個年紀了呀。呀啊——這下連我都害臊起來了呢！」

「……不不，為什麼是愛麗絲乾姊臉紅了啊？而且這是妳誤會了。」

「喂，克洛，要把對方好好介紹給咱們啊！到底是誰啊！」

「我就說是妳們誤會了！」

這天夜晚。

克洛斯威爾被雙眼炯炯有神的兩名乾姊姊包夾，一整個晚上都被追問著和「約會對象」有關的話題。

3

八天後的下午兩點。

在詠梅倫根指定的日期時刻，克洛斯威爾來到了平時見面的死巷空地。

「……好慢啊。」

這回則是沒看到詠梅倫根。

今天的克洛斯威爾嚴格地遵守了約定，他甚至提早了三十分鐘抵達，並提心吊膽地等待著對方到來。如果自己沒記錯的話，應該早就已經過了約定好的時間才是。

「該不會是上次失約的『回禮』吧。那小子……」

收到的通訊機在這時響起了輕快的電子鈴聲。

來電鈴聲傳進了耳裡。

『……嗨。』

是詠梅倫根的聲音。

沒有平時的快活感，反而是微弱的喘息聲更為明顯。

「你的聲音活像是世界末日一樣。」

『……朕得了感冒，喉嚨的疼痛糟蹋了朕甜美的嗓音呢。』

對方輕咳了一聲。

『好像是因為前陣子某人害朕淋了雨，所以身子才會著涼呢。』

「…………」

應該就是那個原因吧。

一聽到感冒這個詞彙，克洛斯威爾就想到是這麼回事了。

「上次確實是我不對啦。那現在該怎麼辦？你要我帶些點心過去探病嗎？」

『朕希望你這麼做。』

「喂！……不不，你這是在開玩笑的吧！」

『朕會讓你以訪客的身分進入天守府。』

「就說先等一下啊！」

眾所周知，天守府就是天帝的住處。

身為市井小民的自己居然要去那種地方？他今天穿的依然是樸素的襯衫，一旦被哨所的衛兵攔下，他恐怕就要完蛋了。

『朕馬上把祕密通道的路徑傳給你。』

鈴聲再次響起。

以圖片檔案傳送過來的，是以天守府為中心的地圖。上頭還親切地用藍色的線畫下了從現在地前往目的地的方法。

「……嗯？這個目的地不是天守府啊？」

天守府後方的矮丘——

傳送過來的地圖所記載的藍色路線，通往了該處。

『那是朕平時使用的通道。』

「……我的目的地不是天守府嗎？」

『那是祕密通道。克洛，你應該有上過歷史課吧？無論哪個時代，國家元首都會打造能在緊要關頭脫身的避難通道喔。』

「這我知道。」

『那座山丘就搭建了與天守府相連的祕密通道喔。』

「等等，你是不是說了很不得了的事？」

這絕對是國家機密等級的資訊。

皇太子一旦將天守府的祕密逃生通道的位置洩漏出去，肯定會造成大騷動，而知曉此事的自己想必也是在劫難逃。

『朕還是個小孩子呀。就算不小心把一些重要的事說溜嘴，也可以說是年紀小不懂事的關係呢。』

「……這種理由沒辦法過關吧？」

『但你可要多加留意喔，要是被人瞧見的話就糟糕了。』

「……我打從心底希望這個祕密通道的存在是一樁謊言啊。」

克洛斯威爾不甘不願地回答後，隨即照著地圖指示的路徑出發。

在過了大約三十分鐘後。

「……結果是真的喔……」

這是一座能夠俯瞰帝都的山丘。

在能夠看到紅褐色天守府的山丘上，克洛斯威爾愣然地這麼開口道。

——隱藏通道。

地點就在山丘的紀念碑後方五十公尺處的森林之中。

交疊的巨大岩塊之間存在著縫隙，將手指伸入其中後，便能觸碰到冰冷的按鈕。在按下按鈕後，岩塊的縫隙便敞開至數十公分寬，形成了可供一人出入的入口。

『附近沒有其他人吧？』

「是啊。山丘上雖然有幾個人，但沒有人會特地跑進森林裡啦。」

『那就進來吧。走進通道之後，就要趕快按下按鈕關門喔。』

「……我知道了。」

這下解開了其中一個疑惑。

克洛斯威爾一直對詠梅倫根為何能夠頻繁地溜出天守府一事感到奇怪，但既然有這樣的通道存在，他就能在瞞過警衛的情況下自由進出了。

「是說，把這件事告訴我也不太好吧……」

祕密通道呈現下坡的構造。

這應該是好幾十年前建造出來的吧。通道相當狹窄，還充斥著塵埃和霉味。

他從矮丘走向天守府的地下樓層——

再沿著地下樓層的螺旋梯拾級而上，戰戰兢兢地打開了逃生門。

宮殿內部被絢爛的彩繪玻璃映射得熠熠生輝。

「……真是太誇張了。我是真的進了天守府嗎……」

既沒有被警衛瞧見，也沒被監視攝影機拍下。身為一介市民的自己都能如此輕鬆地入侵，要是被壞人知曉的話可就糟糕了。

「……可得小心別當成夢話說出口啊。」

就在自己的面前，有著一扇施以金色綴飾的巨大門扉。

『抵達了嗎？』

「總覺得我好像來到了一個超級豪華的大樓五樓，還站在一處超豪華的大門前。一想到可能會有警衛現身，我就一直靜不下心。」

『那朕這就幫你開門。等門開了要快點進來喔。』

嘰——

機械式的大門發出了沉重的聲響緩緩敞開。

房內的天花板吊著照明用的吊燈，腳底下則是看似特別訂製的高級地毯，牆上則是掛著看似歷史悠久的諸多繪畫。

像是來到了旅館的總統套房似的。

「……感覺這裡大概是我們家家具的幾千倍……不對，是幾萬倍的價碼吧。」

「要出言讚嘆是無所謂，但一般來說，先向朕打聲招呼才稱得上合乎禮節吧？」

房裡有一張大床被閃爍著珍珠色光芒的蕾絲床簾包覆，還附有天篷。

躺在床上的詠梅倫根有氣無力地向自己招了招手。

「……嗨。」

「你看起來狀況挺差的。啊，這是我在街上買的布丁，是探病禮。」

「想不到克洛也挺機靈的嘛，但合不合朕的胃口是另一回事……咳、咳咳……」

詠梅倫根笑著笑著，又劇烈地咳嗽起來。

「你真的不要緊嗎？」

「這已經算是很輕微的症狀了。朕的身體原本就算不上健壯，是個脆弱如花的體弱多病之人……唉，好想快點告別這種生活喔。」

「嗯？」

不太對勁。

這個國家的皇太子居然表示「想告別這樣的生活」，這是什麼意思？

「再過不久，這個世界的常識就會遭到顛覆了。」

躺臥在床的詠梅倫根仰望著天篷，這麼開口說道：

「人類即將獲得嶄新的能源，而那說不定能改善朕體弱多病的身子。克洛，你應該也很期待吧？」

「…………」

他在說什麼啊？

雖說自相識以來，克洛斯威爾就覺得這位皇太子有些特立獨行，但他還是頭一次覺得兩邊的對話完全兜不起來。

「抱歉，你到底在說什麼啊？」

「克洛，你們不是在採礦場挖掘嗎？沉眠在星星深處的能源，說不定能為我們帶來奇蹟喔。」

自己正在挖掘的東西？

……沉眠在星星深處的能源？那種天馬行空的詞彙是什麼？

……那裡可是一處礦脈，能挖到的不就只是鐵礦石和稀有金屬嗎？

不過——

在那座名為「星之肚臍」的採礦場裡，還沒有任何人目擊過採掘到鐵礦石的瞬間。

「我說，雖然你可能覺得有些牛頭不對馬嘴，但我們這些礦工在那邊挖掘的，一直都是鐵礦石喔。」

「咦？」

「我們這些底層人員只有收到這樣的說明。」

「……是這樣嗎？」

這回輪到詠梅倫根沉默不語。

他躺在床上向上看去，像是在絞盡腦汁思考似的。

「哦，原來如此，看來相關訊息已經受到了管制，不讓帝國的一般民眾得知呢。」

「你又講了感覺不能說的話……」

「朕覺得這件事就算公開應該也無所謂啊。你會好奇嗎？很好奇對吧？」

老實說，克洛斯威爾一點也不想聽。

詠梅倫根剛剛提及了「受到管制」這幾個字，而克洛斯威爾並不蠢，他明白一介平民要是知道了這種內幕，絕對不會有什麼好下場。

儘管如此——

即便理性知道自己不該聽，但他還是壓抑不住純粹的好奇心。

「……那座採礦場開設的目的，並不是用來開採鐵礦石是吧？」

「嗯。你想想嘛，如果只是用來開採鐵礦石這種隨處可見的東西，朕也沒必要特地跑去視察吧？」

「……是這樣說沒錯。」

「克洛是特例喔。朕就告訴你吧。」

詠梅倫根露出了微笑。

「那邊在挖掘的，是一種前所未見的新能源喔？」

「你說什麼？」

「人類都是在星球的地表活動對吧？不過，那種能源似乎蘊藏在星球的深處，像是岩漿般到處流動的樣子。而根據週期性的活動，那些能量如今上升到了極為接近星球地表的高度，甚至只要從地表向下挖掘，就能讓那些能源噴湧而出呢。」

「……只要朝著地底挖掘，就會噴出新的能量啊。」

「你這下明白了吧？」

「是啊。」

這就是「星之肚臍」的真相。

之所以在帝都的正中央開設採礦場，還派出削岩機挖到地下四千公尺的深度，為的就是取得那種能源。

「為什麼我們這些小市民不能知道這種事？」

「天曉得。這是天帝和八大長老們發起的機密計畫，或許是想等到能源出土之後再大肆宣揚，讓全世界大吃一驚吧。」

感覺就像是童話故事的內容一般。

若是街上流傳著地底潛藏著未知能源的傳聞，那克洛斯威爾能肯定自己絕對不會把這種謠言當真。

「聽起來充滿了夢想對吧？」

詠梅倫根嘻嘻一笑。

「要是能採集到那種能源，世界一定會朝著未來更進一步。說不定還能開發出可以讓朕的這點小感冒瞬間痊癒的醫療技術呢。」

「會不會想得太美好了？」

「作夢可是個人的自由呢。」

感冒的皇太子像是在說給自己聽似的，虛弱地點了點頭。

「而這一天很快就要到了。」

「……這個發達到不行的未來願景是什麼時候會降臨啊？」

「大概兩週之後。」

「比我想像得還要快上一百倍啊！」

「如果不是時機將近，朕才不會跑去視察呢。」

這句話確實說服力十足。

從皇太子會特地跑來視察這點來看，計畫肯定已經來到了幾乎要成功的階段。

「克洛，你們現在待的地下採礦場的深度是四千八百公尺對吧？那個不明的能源目前停滯在地底五千公尺的深度，所以只剩下兩百公尺囉。」

「……已經是唾手可得了嘛。」

「所以朕不是說了嗎？實現夢想的日子已經不遠——」

叩鏘！

就在這時，房門外側傳來了敲門聲。

「糟糕！可能是醫生或是來探病的大臣！」

詠梅倫根的臉頰一陣抽搐。

「克洛，快躲起來！」

「要、要躲在哪裡啊？」

「呃，像是床簾後方……但床簾是透明的，衣櫥也沒辦法躲人……躲在床底下吧！」

克洛斯威爾聽話地鑽進了床舖底下的縫隙。

床底一片黑暗，他只能仰仗著聲響和說話聲來判斷狀況。這時——

他察覺到門被打開了。

「皇太子殿下，您的玉體可好？」

「天帝陛下也相當擔心您的身子。」

「還請您休養生息。我等為您帶了探病禮過來。」

腳步聲和說話聲接連傳來。

有三、四個人嗎？不對，數量要更多一點。有七……不，八個人啊。

「……朕只是患了點感冒，諸位貴為八大長老，不必這麼大陣仗地跑來。這只會讓其他家臣擔起無謂的心，以為朕患了重病。」

床舖微微地搖晃了一下。

應該是躺臥在床的詠梅倫根一鼓作氣地彈起了身子吧。他表現出活力十足的樣子，彷彿剛剛那副病懨懨的疲態是裝出來似的。

……詠梅倫根？

……你的語氣處處帶刺啊。

讓克洛斯威爾真正在意的，反而是他極為不悅的口吻。

「朕明天就能開始處理公務了。喏，你們看夠了吧？」

「是我等失禮了。一聽說殿下發了高燒，天帝陛下便研議讓兩週後的降神祭延期。」

「沒這個必要。」

皇太子像是在鬧彆扭似的說道。

「好了，通通都回去吧，朕很忙的。」

「遵命。那麼，還請您多加照顧身子。」

八個人的腳步聲相繼離開了房間。

而在像是要趕跑他們似的關上房門後——

「嗚……咳咳！……咳……嗚……啊……！」

詠梅倫根驀地雙膝一軟。

他趴在地毯上，劇烈地咳嗽著——就連只能躲在床下窺視的自己，也能清晰地感受到他的舉動。

「詠梅——」

「等等！」

就在克洛斯威爾打算鑽出床底的時候。

出聲制止他的，是詠梅倫根本人。

「等一下，在朕說可以之前都別出來……」

「？」

「…………朕不想讓你看見穿著睡衣的模樣……那個……要是被你看到的話，你就會知道了……」

「知道？知道什麼啊？」

「……聽朕的話，先在床底待著。」

詠梅倫根趴到了床舖上頭。

而在過了一會兒——等他急促的喘息聲平復下來之後。

「……讓你久等了。」

克洛斯威爾從床底下鑽出。

他回頭一看，隨即看到詠梅倫根將棉被拉到了脖子一帶，正滿臉通紅地凝視著自己。

「……朕還想和克洛維持**這樣的距離**一陣子。」

「所以你到底在說什麼啊？」

「…………」

詠梅倫根凝視著天篷。

「朕打個比方吧。這世上有些父親想要女兒，也有些父親想要兒子。」

「這不是當然的嗎？」

「哎，你把話聽完啦。朕只是舉個例子喔——有個父親因為兒子早夭的關係，所以想對下一個兒子投注更多的關懷。」

這個話題實在來得太過突然，克洛斯威爾的腦袋完全跟不上。

這名皇太子到底想傳達什麼訊息給自己？

「不過，小孩子對這種父母心是很敏感的對吧？於是那個孩子察覺到了：『啊……原來父親想要的是兒子啊。』那個孩子為了回應父親的期待、為了被父親稱讚，所以努力地走上父親所期望的人生。」

「？你講的這些我都聽不懂啊。」

「降神祭很快就要到了呢。」

「……你這話題轉得可真硬。」

「朕只是把話題拉回來罷了。在八大長老上門之前，我們不是也在聊這個話題嗎？」

沉睡在地底的不明能源。

星之肚臍便是採集那種能源而開設的工地。

「所謂的降神祭，就是紀念抵達目標深度的開通典禮喔。朕剛剛也說過，五千公尺的深度已經是近在咫尺了呢。」

「礦工（我們）都沒收到這類訊息就是了。」

「監工應該知道吧？而朕和天帝都會出席這個降神祭喔。」

「天帝會出席？……啊，對喔。他是你爸爸嘛。」

他的認知都快要麻痺了。

雖然用一副熟識的態度在交談，但眼前的人物可是堂堂皇太子。

……聽到天帝會現身在那個採礦場固然讓我很吃驚。

……但皇太子（這小子）會跑來視察一事就已經很嚇人了呢。

剩下兩百公尺。

在不斷挖掘的地底下方，沉睡著無從想像的嶄新能源。

「『星之肚臍』採集的其實是新能源一事，應該也會趁著這個機會向世人公布吧？畢竟降神祭的行程表已經敲定了呢。」

「……牽扯到的格局太大了，我一點實際的感觸都沒有呢。」

這想必會在全世界掀起一陣騷動吧。

畢竟詠梅倫根已經作起了讓新能源改變世界的白日夢。

「算了算了，對我們這些庶民來說，這都是些想破頭也沒用的事……話說回來，你很討厭剛剛那八個家臣嗎？聽你的口氣好像帶著刺啊。」

「你是指八大長老嗎？」

那八名賢者以天帝參謀的身分為世人所知。

所有人都是醫學、化學、生物學、物理學、軍事學和語言學等等領域的第一把交椅。

「討厭啊。」

仰臥的詠梅倫根眯細雙眼，展露出內心的厭惡感。

「那些傢伙上任之後，天帝就變得對他們唯命是從，如今已經是個傀儡了。朕一旦當上天帝，一定會把他們全部轟出去。」

「……皇太子也挺辛苦的啊。」

「不過朕今天的心情很好喔。因為克洛來——咳、嗚……咳咳……！」

詠梅倫根彎起上身，用力地咳嗽著。

他的狀況果然還遠遠稱不上健康。

「你就別硬撐啦。我差不多也該回家了，回去的時候用同一個通道就行了吧？」

「……咳咳……請便……」

「要好好養病啊。你不是要在兩週後參加那個叫降神祭的活動嗎？」

「……嗯。」

總覺得對方的回應比起平時還來得坦率許多。

臥病在床的皇太子虛弱地點了點頭。

「……克洛，朕今天告訴你的祕密通道，你隨時都可以利用喔。」

4

七天後。

帝都裡最深的採礦場「星之肚臍」，被突如其來的一則新聞激得人聲鼎沸。

「大消息！有大消息！」

在地下四千八百公尺處的地底。

最為年少的少女繆夏臉色大變地四處奔波。

「大家聽咱說！聽說咱們在挖的這個洞穴，其實不是為了開採鐵礦石喔！你們看這則新聞！」

人類即將獲取新的資源。

探勘到的並非瓦斯、煤炭或是石油，而是在地底流動、呈岩漿狀的新能源——帝國向全世界發表了這一則新聞。

「……真的假的？」

連艾芙都罕見地露出了興奮之情。

他們持續了接近一年的挖掘，說不定會成為名垂青史的偉大功績。一明白到這一點，內心想必也會湧現出些許感慨吧。

「欸，愛麗絲，發現新能源是很厲害的事嗎？應該很厲害吧？」

「……是、是呀，電視上是這麼說的。姊姊，妳不是也和我們一起看了嗎？」

妹妹愛麗絲蘿茲則是還感到些許困惑。

「我們說不定會一舉成為知名人物呢。」

「也就是說？」

「我們可能會被電視台或是報社記者約見，然後上電視講述迄今的甘苦談和成功方程式呢。說不定還有機會出版自傳，或是翻拍成電影呢！」

「也就是說？」

「我們不用再為金錢擔心了喔，姊姊！」

「這不是棒透了嗎，妹妹！」

太棒啦——姊妹感情融洽地抱在一起。

周遭的工作伙伴們似乎也設想著相似的情節，每個人都放下手邊工作，看起來有些飄飄然的樣子。

「大家都到齊了吧？」

擔任班長的青年德雷克從電梯裡現身。

「好消息。據說天帝陛下開了金口，預計在抵達五千公尺深的目標時，向在這裡工作的所有礦工發放特別獎金喔。」

「真假！」

「超開心的啦！」

採礦場喧鬧了起來。

克洛斯威爾側眼看著同伴們的互動，悄悄地繞到了電梯後方。

他放在胸口的通訊機已經發光了好一段時間。

『現場（那邊）狀況如何？』

「你聽得見歡呼聲吧？大家都卯足了幹勁——主要是為了特別獎金啦。」

『啊哈哈，原來要掌握民心還挺容易的。』

通訊機的另一頭傳來了詠梅倫根的笑聲。

據他所言，他這幾天總算康復了不少。不過，醫生還是暫時禁止他外出活動。

『真希望聽你向朕道聲謝呢。發放獎金一事是朕向天帝進諫的。為了即將到來的「星靈」降神祭，也該讓有所貢獻的礦工們嚐點甜頭——朕是這麼說的。』

「……星靈？」

『是即將挖掘到的能源的暫訂名稱啦。似乎是八大長老從古代遺跡的象形文字引用而來的。他們還真是想了個很有詩意的名字呢。』

「哎，對我來說沒什麼差啦。」

『話說回來。欸，克洛。』

通訊機另一端的詠梅倫根，突然展露起淘氣的一面。

『沒辦法和朕見面，是不是很寂寞呀？』

「嗄？」

『哎呀——真不好意思啊。醫生目前還是下了禁足令，加上身為皇太子，朕還得在各方面為星靈降神祭做準備呢。見不到朕的克洛肯定是夜夜以淚洗面，這些朕都明白的。就讓朕送張私人照片聊表慰藉之意吧。』

「我要掛電話了。」

『哇啊啊啊？你別這麼衝動啦！……哎喲，克洛真是開不起玩笑。』

皇太子嘆了口氣回應。

『……老實說，因為天帝和警衛都會出現在降神祭的會場，所以在活動的過程中，朕大概沒有什麼和你搭話的機會呢。』

「等活動結束之後再碰面不就得了？」

『沒錯！你真會說話！朕想講的也是這個！』

那就老實點說出口啊。

克洛斯威爾內心的這般吐槽，被詠梅倫根快嘴打斷了。

『那就訂在降神祭的隔天吧。下午三點在老地方的空地集合喔！』

「我的行程——」

『朕會等你的喔！朕接下來還得和八大長老開會，拜拜啦！』

「……真是的，都是他一個人在自說自話啊。」

對方單方面地掛斷了電話。

不過，這對克洛斯威爾來說已是習以為常的小事。

「……就先把降神祭隔天的行程空下來吧。」

Memory.　「燈②　—星星哭泣之日—」

在地下四千八百公尺處的地底。

克洛斯威爾抬起頭，仰望起位於地表的皇太子所在的方向。

然而——

兩人再次碰面的未來並沒有降臨。

不只是克洛斯威爾，連皇太子詠梅倫根都無從得知——這就是兩人以「人類」的身分展開的最後一次對話。

距離帝都覆滅——

『還剩下七天。』

＝

這是一間極為黑暗的小房間。

設置於帝國議會地下的祕密徵詢室。

只要將房門關上，就絕對不會讓說話聲洩漏出去——此處便是採用了絕對機密工法的一間隔離房。就算貴為天帝，也無法竊聽到這間房裡的對話。

而在這裡——

被稱為帝都賢者的八名男女，正以圍坐的形式看著彼此。

「不明能源——被星之民稱為『星靈』的力量終於要現蹤了。」

「那是在星之中樞流動的強大力量。綜觀這幾百年的勘查紀錄，那東西爬升到接近地表的現象也是極為罕見。」

「——星脈噴泉（Vortex）。」

「那是極為壓倒性的力量。畢竟這噴發的能量之強，甚至遠勝火山的大規模噴發呢。既然能量強大如斯，那麼**會超越我等預測的爆炸範圍**也是無可奈何的結果。」

沒錯。

那將會是偶然發生的不幸意外。

從地下五千公尺深處噴發出來的嶄新能源過於強大，所以也可能將整座採礦場——以及周遭的人們通通炸飛。

這並不是任何人的錯，也無法證明這是有人在背後策劃的陰謀。

「參加降神祭的天帝、皇太子和重要官員。」

「他們一個也不會留下。」

天帝和他的繼承人——皇太子會就此消滅。

失去首腦的帝國，想必會陷入巨大的動盪之中。

「倖存的只有八大長老（我等）啊。」

5

早上九點。

才一大早，帝都十一號街的大馬路就響起了歡快的喇叭演奏聲，而天空則是飄揚著五光十色的氣球和紙片。

「艾芙乾姊、愛麗絲乾姊，再不出發的話，我們就要遲到了啦。」

「再、再等我一下啦，克洛……絲巾是這樣圍的嗎？克洛，你覺得呢？」

「女人化妝是很花時間的啦！」

克洛斯威爾萬萬沒想到。

居然真的給他遇上了兩名乾姊姊從嘴裡講出「絲巾」和「化妝」等等詞彙的這一天。

「我先去外面等了。」

在走出破銅爛鐵屋之後，極為罕見的刺眼陽光讓克洛斯威爾瞇起了眼。這是最適合慶典的好天氣。

「……還真是一轉眼就過了。」

在昨天晚上，星之肚臍的挖掘作業宣告結束。

目前的挖掘深度為地下四千九百九十九公尺。

……記得詠梅倫根說過，地下五千公尺沉睡著寶物（能源）。

……而今天舉辦的，就是挖通最後一公尺的典禮。

換言之，便是剪綵典禮——或者說是開通典禮吧。

取名為「星靈降神祭」的這場活動，將從上午九點——也就是此時此刻於會場開始進行。

礦工們將前往會場，擔任這場活動的觀眾。

由於全世界的記者都聚集於此，所以他們有機會以觀眾的身分上電視。而兩位乾姊姊就是為此忙得不可開交。

「……我雖然對上電視一事沒什麼興趣，但她們果然還是會在意呢。」

「克洛，讓你久等了！」

「克洛，出發吧！人家已經做好上電視的完美打扮啦！」

兩位雙胞胎乾姊姊衝出了家門。

兩人雖然都穿著質料樸素的衣服，但姊姊艾芙為了打扮而抹了口紅，而妹妹愛麗絲蘿茲則是在脖子上圍了一條絲巾。
「嗄？就這樣而已？妳們光是塗口紅和圍絲巾就花了整整一個小時？」
「咱們又不習慣做這種事——」
「對呀，克洛，絲巾可是有好幾種圍法的喔。」
「……這、這樣喔。」
三人走在大馬路上。
平時的大馬路總是人煙稀疏，今天卻擠滿了人，簡直到了摩肩擦踵的地步。
現在是一般人正在工作的時間，所以抱著相機的記者和警衛們來回奔走的模樣更顯注目。
在走了一陣子後，三人看到了路障，以及格外密集的人群。
這裡是採礦場——「星之肚臍」的入口處。
「啊，你們三個好慢喔！」
以一介觀眾的身分站在會場的繆夏一看到三人，立即對他們揮了揮手，而她身後也看得到工作伙伴們的身影。
「抱歉啦，都是愛麗絲花太多時間打扮了。」
「不、不只我而已呀！姊姊妳也一樣！」

「——噓。天帝陛下要大駕光臨了。」

出聲要三名女子安靜下來的，是身為班長的青年德雷克。他伸手指向路障的另一端。平時能讓熟識的礦工們自由進出的採礦場，如今則是被人高馬大的特勤警官們圍出了人牆加以警戒。

而在這些警官的包圍下——

身穿西裝的中年男子在一陣掌聲之中現身了。

他有著高挑纖瘦的身材，眉眼顯得相當銳利。天帝哈肯貝魯茲——這個國家的首腦立刻從自己的眼前走過。

「嗚喔！那該不會是真正的天帝陛下吧？他剛剛朝這裡看過來了耶！」

「總、總覺得他似乎和我對上眼了呢……！」

兩位乾姊姊說著悄悄話。

畢竟對於帝都的居民來說，他們恐怕一輩子都沒機會這麼近距離的見到天帝這種大人物。

就在周遭的相機和目光同時集中在天帝身上的這個瞬間。

「……啊。」

只有自己看的是走在天帝後方的「另一人」。

那是身穿清秀白衣的皇太子詠梅倫根。

他有著可愛的娃娃臉，輕晃著被陽光沐浴得璀璨生光的藍色頭髮，在向大眾揮手的同時向前邁步。

有那麼一瞬間——

就在兩人四目相交的那一剎那，皇太子耐人尋味地「嘻嘻」輕笑。而察覺到他露出微笑的人，肯定只有自己而已。

「……能見到天帝陛下固然是好事一樁啦。」

艾芙邊拍著手邊開口：

「欸，克洛，咱們到底還得拍手拍到什麼時候？」

「很快就要開始了。」

被特勤警官包圍的天帝和皇太子，走到了地表電梯的前方。

該處擺放了一張展示座和一顆按鈕。

「那顆按鈕與設置在地底採礦場的一台削岩機相連，一旦天帝陛下按下按鈕，削岩機就會隨之啟動，並挖掘至五千公尺的深度。」

「哦——克洛，你挺清楚的嘛。」

「……除了艾芙乾姊之外，我想所有人都有把當時的說明聽進去才是。」

星靈降神祭——

工程的最後階段是由天帝動手，代表他親自開拓了新能源滯留的地底深處。

「仔細想想還真狡猾啊。」

先一步停止拍手的艾芙，將雙手交抱在胸前說道：

「在地面開了個大洞，向下挖掘了四千九百九十九公尺的明明是礦工（咱們），結果最後一公尺這種天大的甜頭卻落到了別人的手裡。你說是吧，克洛？」

「他們想必也預期到我們會有這種抱怨，所以才會發放獎金吧？」

「哦，原來如此。那只好送給他們啦。」

艾芙心不甘情不願地點了點頭。

在兩人對話的期間，天帝和皇太子兩人終於將手放到了展示座上的按鈕。

兩人先停下動作，提供記者拍攝的時間——

『各位請看！』

『天帝陛下和皇太子殿下，將就此揭開新時代的序幕！』

按鈕被兩人按下，吹奏樂隨之響起。

然而——

就只有這樣而已。位於地底的巨大削岩機肯定已經啟動，以驚人的氣勢挖掘著厚實的岩層，但地面上的人們自然是無從得知。

過了一分鐘。

過了兩分鐘。

「……好像比咱想像得還缺乏魄力呢。」

繆夏輕聲低喃道：

「是說，他們只按了一顆小小的按鈕對吧？咱的腦袋不好，所以不是很清楚，但典禮就這樣結束了嗎？新能源真的會冒出來嗎？」

沒人回答她的疑問。

因為沒有任何人知道這個問題的答案。位於地下五千公尺的「星靈」之力究竟會不會噴湧而出，對所有人來說都是一個巨大的問號。

「————」

搖搖晃晃地——

在現場的觀眾之中，有一名少女無聲地朝著路障走去。

那人是艾芙・蘇菲・涅比利斯。

「艾芙乾姊！妳怎麼了！」

就算自己（克洛斯威爾）出聲喊話，她也沒有回應。

她沒有回頭，而是踩著蹣跚的腳步，像是斷了線的人偶般以不穩的步伐，朝著特勤警官的方向走去。

「……有『聲音』……人家……………被呼喚著…………」

「唔？小姐，妳有什麼事嗎？」

「我能理解想要就近觀禮的心情，但這裡很危險，還是後退一些吧。」

特勤警官們察覺到了艾芙的身影。

他們向艾芙搭話，試圖攔住這名嬌小的少女——

「……嗚……不、不要……住手……………………………不要……進入朕的體內啊啊啊啊啊啊啊！」

皇太子詠梅倫根的尖銳慘叫，響徹了開通典禮的現場。

他雙膝跪地，在大聲吶喊的同時搔抓著自己的頭。

……詠梅倫根！

……怎麼回事？

狀況明顯不太尋常。

就在克洛斯威爾反射性地想出聲呼喚之際——

「你、你說出現了異常狀況？」

身穿作業服的技術人員喊道。

他將通訊機按在耳邊，原本正在和其他的技術人員進行溝通，但因為過於興奮的關係，使得他的大嗓門蓋過了在場的觀眾。

「地下五千公尺處噴出了驚人的光芒？那就是之前提及的新能源嗎！……你說噴發的狀況沒有止歇的跡象？那就快點拉下防護牆！」

被命名為星靈的新能源目前還是一個謎團。

為了防止典禮過程中出現會影響到地表的意外，地下採礦場設置了好幾道合金製的閘門。

那是能抵禦大規模的火山爆發或是間歇泉的厚實牆壁……然而……

地底傳來了像是爆炸般的劇烈地鳴。

「……你說什麼……」

技術人員啞著嗓子說道：

「…………居然貫穿了……防護牆，還不斷向上噴發？……咕啊！」

彷彿要掀起地面一般的劇烈衝擊。

林立的大樓猛烈搖晃，玻璃窗接連碎裂。回過神來，包含克洛斯威爾在內的觀眾全都站不住身子跪倒在地。

其中也有人仰躺在地——震動的力道之大，甚至讓人起不了身。

發生什麼事了？

不對，好像有很多事接二連三地正在發生？

就在所有人都頂著蒼白的臉孔環顧四周的時候。

只有一人——

「…………有人在呼喚……呼喚人家……呼喚我…………」

只有克洛斯威爾發現跨過路障的艾芙雙眼迷茫，正凝視著地下的大洞。

『發、發生緊急狀況！』

警報聲和廣播通知響徹了會場。

『請各位儘速避難。切勿慌————』

聲音被蓋過了。

無論是警報還是廣播，全都被眼前的景象抹消殆盡。

萬紫千紅的光之洪流自地下五千公尺處向上竄升，從地面的大洞噴發而出。洪流宛如巨大的噴水池般竄上高空，描繪出近似彩虹般的光之軌跡。

此情此景——

若只是在一旁注視，想必會覺得這是一幅如夢似幻的光景吧。

……這是詠梅倫根說的新能源？

……就是這些發光的東西嗎？

而這就是最後一幕。

也就是克洛斯威爾．葛特．涅比利斯在「世界改變」之前看到的最後瞬間。

被稱為星靈的光芒，朝著地面的人們席捲而去。

無論是雙胞胎乾姊姊、工作伙伴們、在場的數百人觀眾、天帝和皇太子——

都被光之漩渦澈底吞沒，失去了意識。

Memory. 「燈③ —發出巨響坍塌的日常—」

1

…………

………………………

……我……剛剛是在做什麼來著？

他睜開了眼睛。

他沒有自己作了夢的印象。想不起閉眼的瞬間發生過什麼事的他，在明白自己呈現仰躺姿勢的同時仰望著天花板。

「……我…………好痛！」

在他打算從整潔的白色床鋪上起身的瞬間，後腦勺傳來了劇烈的痛楚。

大概是自己昏厥之際重重地撞到頭了吧。

但就算真是如此，自己到底是出於什麼緣故「昏厥」的？

「狀況還好嗎？」

身穿白衣的女性護理師從走廊探頭問道。

「太好了，我正想說你差不多也該醒來了呢。我這就去叫醫生過來，他大概馬上就會來診療了。」

「————」

看來這裡是醫院，而自己則是以住院患者的身分睡在這裡。

雖然腦袋還有些迷濛，但他漸漸理解了身處的狀況。

「你還記得自己的名字嗎？」

「……克洛斯威爾．葛特．涅比利斯。」

「知道自己是怎麼昏厥的嗎？對那起爆炸有印象嗎？」

爆炸？

爆炸是怎麼回事？自己會躺在醫院和那件事有關嗎？

……我的家是一間由破銅爛鐵搭建的房子……

……我和兩位乾姊姊住在那裡。不對，但我出事的時候沒待在那裡。

昏厥的理由。

他依稀記得自己是在早上出了門，和兩名乾姊姊一如往常地以礦工身分前去打工。

……不對，礦工的打工應該正在放假才是。

……因為已經挖到了地下五千公尺的目標深度。

那天的礦工都是在地面集合的。

「啊！」

他想起來了。

克洛斯威爾的腦裡憶起了**那場爆炸**的前因後果。

「對了！我……參加了那個叫降神祭的典禮！那好像是個挖掘『星靈』這個新能源的典禮。但在那裡……」

噴出了強烈的光芒。

到這裡為止，就是自己還記得住的所有景象了。

從地下五千公尺處竄出的萬紫千紅光芒，像是噴水池般竄上了高空——在想到這裡的瞬間，他就被那道強光吞沒了。

「……我之所以失去意識，是因為被那道光之洪流波及的關係嗎？」

「正是如此。」

女性護理師緩緩地點了點頭。

「許多人都在那場爆炸中昏過去。據新聞報導，有好幾百人在同一時間失去了意識，當時醫院方(我們)也是一陣恐慌……所幸根據檢查，這似乎只是因為受到了強光和巨響的刺激，才會暫時性地失去意識。」

「那對身體的危害……」

「不會對身體造成不良影響——帝國議會向全世界發布的新聞稿是這麼說的。」

「…………」

「請放心吧，我們醫院也得出了相同的結論。」

女性護理師朝著病房一指。

只見病房裡有三張空蕩蕩的病床。看來這裡原本是四人病房，但只剩下自己還在住院的樣子。

「這間病房的其他三位病患都已經清醒並辦完出院手續囉。」

「大家都出院了？那我是最後一個……？」

「是呀。克洛斯威爾先生已經躺了整整四天呢。」

護理師微微露出苦笑。

「被送進這間醫院的病患共有五十三位，但絕大多數都在隔日醒來，而在做過精密檢查之後，他們都被診斷為沒有異常，接著就順利出院了。」

「……請問，我的乾姊姊們的狀況如何？」

「她們的名字是？」

「艾芙和愛麗絲蘿茲。兩人都和我一樣姓涅比利斯。」

「她們都出院了喔。」

護理師的回答之快，甚至讓克洛斯威爾感到一陣錯愕。

這是自己清醒的時候會第一時間想得知的消息，從護理師的反應來看，她想必早在這之前就做過了相關調查吧。

「……太好了，知道她們沒事，我就放心了。」

但他的內心還是一陣躁動。

皇太子（詠梅倫根）的狀況如何——克洛斯威爾靜靜地忍住了想將這句話問出口的衝動。

……他又不可能和我們住進同一間醫院。

……我要是胡亂發問，也只會讓皇太子（那小子）傷腦筋啊。

他八成是平安無事吧。

要是天帝或皇太子出了什麼萬一，整個帝國想必都會鬧得不可開交。而他們這些病患也不可能這麼順利地立即出院。

所以——這樣就好。

明明都出現了那麼大規模的爆炸，卻無人因此喪命，這已經可以稱作奇蹟了。

「我可以問個問題嗎？照射在我們身上的那道光芒，就是從地底採礦場噴發出來的新能源嗎？」

「帝國議會是這麼對外宣稱的。說是人類取得了美妙的新資源。」

「……明明都出了那麼大的事？」

「新聞報導是這麼說的：『雖然發生了大規模的爆炸，卻無人身亡，這都歸功於新能源——「星靈」對人體無害的特性。』」

「……話是這樣說沒錯啦。」

被這麼一講，克洛斯威爾也無從辯駁。

那道爆炸開來的光芒——

若是換做同等規模的火焰或是熱浪，肯定會在開通典禮現場造成超過一千人的傷亡。然而，這場事故過後卻無人喪命。

雖說沐浴在強光之中會造成短期的昏厥，身上卻不會留下任何傷口。

——星靈是無害的新能源。

這對帝國來說應該是因禍得福吧。

一場原本可能在傷亡數創下新高的意外，反而成了提供給世界各國的絕佳宣傳。

「我明白了。既然乾姊姊她們都出院了，那我也可以放心出院了。」

「請恕我雞婆一句，是否能夠順利出院，還是得看精密檢查的結果而定喔？畢竟克洛斯威爾先生在昏厥的時候撞到頭了呢。」

「啊，這樣啊。老實說，我撞到的部位還是有點腫腫的。」

腦袋依然時不時地傳來刺痛的感覺。

他反射性地觸碰後腦勺，然後順其自然地摸到脖頸一帶——

「唔？」

不對勁。

那並非疼痛或是異物感，而是基於本能察覺到了**「和以前不一樣」**的感覺。

「那個……可以借一面鏡子嗎？手鏡那種小型的也無妨。」

他借來了診療用的手鏡，照出了脖頸一帶的狀況。

只見鏡子裡映出了陌生之物。乍看之下，那看起來像是淤青一樣的東西。

——是呈現濃紫色的螺旋圓環。

是撞到之後留下來的淤青嗎？

但就算如此，脖子上的紫色也未免過於濃烈，而形狀也過於完整。

……這是怎樣？

……我倒地的時候有撞到這裡嗎？

就是觸碰也不覺得疼痛。

「哎呀？」

女性護理師窺探著自己的脖頸，稍稍眯細了雙眼。

「**原來你也得到了**。」

「……咦？」

「送醫的五十三人之中，有十多人都浮現了類似的挫傷痕跡。帝國議會近期似乎會組織醫療團隊，調查這些痕跡是否和那場爆炸有關聯。你的這片淤青有帶來任何症狀嗎？」

「……不，一點事情也沒有。反而是我的頭還在痛。」

挫傷痕跡？

真的有辦法摔出這麼漂亮的淤青嗎？

送醫的五十三人之中，有十多人得到了類似的淤青。

被捲進那場爆炸中的，理當有將近千人左右，讓他有些在意被送往其他醫院的大量傷患。

「該不會在這個淤青消褪之前，我都沒辦法出院吧……」

「只要精密檢查確認過身體沒有異狀，就會被列為後續追蹤的要項，之後就可以出院囉。還有其他問題嗎？」

「……沒有了。」

「那我就先離開了。若有任何狀況的話，請立即反應喔。」

護理師離開了病房。

在偌大的四人病房裡，只剩下自己一人。

「……這是什麼玩意兒啊？」

浮現在脖頸上頭的淤青。

能聯想到的原因，只有那場爆炸時籠罩在自己身上的星靈之光。

……應該不會有這種事吧。

……因為帝國議會可是已經對外公布星靈對人體無害了啊。

內心殘留著些許不安。

這種揮之不去的不適感就這麼陪著他度過一晚——

到了隔天。

做完精密檢查的克洛斯威爾，像什麼事都沒發生過似的順利出院。

「克洛，恭喜你出院——！」

「克洛，你太慢了啦。居然在醫院裡呼呼大睡了五天。」

相隔五天的歸宅。

前來迎接克洛斯威爾的是乾姊姊最為甜美的笑容，以及另一個乾姊姊最為淘氣的風涼話。

「……兩者之間的落差也太大了吧。」

教人懷念。

睽違五天的日常生活，神奇地讓他感到安心。

「兩位乾姊，妳們都比我更早出院對吧？」

「是呀。我比克洛還要早兩天出院，而艾芙姊則是在爆炸的當天就醒了過來，好像還活力充沛地在醫院裡到處走動呢。」

「好快！」

「……哼，人家和克洛這種弱雞不一樣啦。」

艾芙盤腿而坐，自信滿滿地交抱雙臂。

「咱們這裡也遭遇了不少麻煩事。在那起大爆炸之後，人家才一走出醫院，就被媒體當成受害者團團包圍了。他們又是問人家被那道光照過的狀況，又是問身體現在的情況等等，那種打破砂鍋問到底的問話方式，把現場鬧出了一陣騷動呢。」

「因為艾芙姊是第一個清醒過來的，所以大家都追著她問話呢。」

愛麗絲蘿茲微微露出了苦笑。

克洛斯威爾凝視著乾姊姊溫柔的眼神——隨即注意到她的雙眼充血泛紅。

「愛麗絲乾姊，妳的眼睛是不是有點紅腫？」

「啊，這個嗎？……嗯，其實我昨晚和前天晚上都沒睡飽呢。」

乾姊姊按著眼角，有些害羞地笑了。

「啊，但這不礙事的。被溫柔的克洛關心固然教人開心，但這很快就會治好的。」

「……沒睡飽？」

「其實就是睡得不太安穩啦。昨天和前天晚上都很熱，難以入睡呢。」

愛麗絲蘿茲若無其事地別開目光。

——不要再追問下去了。

看到溫柔的乾姊姊做出這種反應，克洛斯威爾也打消了繼續深究的念頭。

「喂，克洛，別因為這樣就盯著人家的臉瞧啊。」

「……姑且還是確認一下啦。愛麗絲乾姊都說沒睡好了，會想關心一下艾芙乾姊也很正常吧？不過妳看起來沒事呢。」

「————」

艾芙先是一愣，隨即露出了嚴肅的神情。

有那麼一瞬間，她像是沒聽懂克洛斯威爾的話語似的眨了眨眼。

「不過就是個克洛，少裝大人了！」

「啊、好痛！」

挨揍了。

明明自己是關切的一方，卻不知為何被揍了。

「比起人家的狀況，你還是多注意自己一點啦。真是的，人家和你這隻弱雞或是愛麗絲不一樣，可是連感冒都沒得過呢！」

哼——艾芙交抱著雙臂哼了一聲。

「超市特價的時間到了，人家這就出門一趟，克洛和愛麗絲就在家裡等著吧。」

「啊，姊姊，那我也跟著……」

「人家一個人去就好，要聽話喔。愛麗絲，妳既然沒睡飽，就乖乖在家好好休息。克洛也是，你要是剛出院就因為勉強自己導致累倒，人家可是會很頭痛的。」

「…………」

「…………」

聽到艾芙的回應之後——

自己和愛麗絲蘿茲不禁面面相覷。

「嗯？你們兩個的反應是怎麼回事？」

「哎呀——沒什麼啦——」

「我最喜歡艾芙姊孩子氣的這一面了。」

「人、人家哪裡孩子氣了！人家怎麼看都是個大姊姊吧！喂，愛麗絲，妳奸笑個屁啊！……哎喲，人家不管了啦！」

滿臉通紅的艾芙衝出了屋外。

而克洛斯威爾和愛麗絲蘿茲則是目送著她可愛的背影離去。

——沒錯。

就算經歷了那場爆炸事件，他們還是能回到原本的日常生活。

自己對此深信不疑。

至少在此時此刻是如此。

2

夜漸漸深了。

渾濁的蒼穹掛上漆黑的夜幕後，如今已經過了好幾個小時。帝都街上的家家戶戶也接連熄燈。

為大馬路帶來喧囂的汽車行駛聲也漸不可聞。

甚至連禽鳥和昆蟲的鳴叫聲都聽不見。

就在帝都的人們——不對，是整座帝都都陷入寧靜的深夜時刻——

……怎麼了？

克洛斯威爾之所以會突然清醒，是因為聽到了微弱的聲響。

那是摩擦衣物的「唰唰」聲響。

接著傳來的是有人在地板上滾動的震動，以及像是刻意壓低的呻吟聲。

而那些聲響——

都是從自己就寢處旁邊傳來的。

「……啊……呃……………嗚……不、不要……好熱…………住手…………」

愛麗絲乾姊？

客廳裡一片漆黑，幾乎什麼也看不見。

悶哼聲是從睡在身旁的乾姊姊口中發出的。在只看得見眼前幾公分事物的黑暗之中，克洛斯威爾屏氣凝神地集中注意力。

——但他沒有必要這麼做。

啵——

因為自己的眼前浮現出了朦朧地微弱光芒，映出了乾姊姊的身影。

「愛麗絲乾姊？」

「……嗚……克……洛……」

臉色蒼白的少女回頭看來。

乾姊姊愛麗絲蘿茲脫掉了睡衣，呈現不成體統的模樣。她全身上下僅穿著內衣褲。

而她的脖頸和背部，正大量地滲出宛如瀑布般的汗水。

「乾姊！妳怎麼了！」

「……克……洛……」

猛喘著氣的乾姊姊，睜著濕潤的眸子看向自己。

「我的身體……好熱……」

「感冒了嗎？」

「……不對……不是感冒……感覺身體的深處有岩漿在流動一樣，身體燙到像是要被灼傷了……」

「妳說什麼？」

他的腦海裡浮現出白天時的對話。

「愛麗絲乾姊，妳的眼睛是不是有點紅腫？」

「啊，這個嗎？……嗯，其實我昨晚和前天晚上都沒睡飽呢。」

原來這就是沒睡飽的原因。

「什麼叫天氣太熱所以沒睡好啊！愛麗絲乾姊，這樣的狀況持續幾天了！」

「…………」

「總之快點去看醫生——唔！」

他的手被抓住了。

猛喘著氣、甚至沒辦法好好說話的乾姊姊露出了淒厲的神情，用力握住了自己的手腕。

——是要他別這麼做的意思。

她不想去醫院。那麼，原因究竟是從何而來？

答案就在乾姊姊的左邊肩膀。

「……唔，這是？」

乾姊姊——愛麗絲蘿茲的左邊肩膀浮現出綠色的淤青。將屋子朦朧地照亮的光芒，就是從那處淤青散發出來的。

……和出現在我脖子上的是同一種淤青！

……不對，我的顏色是紫色，但乾姊的卻是綠色？

形狀也有所不同。

自己的淤青是扭曲的螺旋造型，但乾姊姊則是圓潤的愛心型。

……不只是我而已，連愛麗絲乾姊都得到了那個淤青。

……等等，那艾芙乾姊的狀況呢？

「艾芙乾姊！事情不妙了，愛麗絲乾姊她——」

他只講到一半就說不下去了。

為什麼艾芙沒醒？

克洛斯威爾明明用這麼大的音量在說話，她卻沒有任何反應，這點固然不太尋常——但更重要的是，自己的妹妹若是每天晚上都為這種症狀所苦，身為姊姊的她理當不會一無所知。

「——有人在呼喚人家。」

殘留著稚氣的說話聲。

克洛斯威爾回頭一看，只見窗簾已經被拉開了。月光從窗外映入，而在藍白色的光芒照映下，皮膚曬得黝黑的褐膚少女正站在窗邊。

「艾芙乾姊？」

「——」

沒有反應。是沒聽見嗎？

艾芙瞠大了雙眼，直直地盯著窗外的景色——然後突然有了動作。

身穿輕薄的睡衣，打著赤腳。

她就這麼從敞開的窗戶跳了出去，以豪邁的步伐走在大馬路上。

「喂，艾芙乾姊，妳要去哪裡！愛麗絲乾姊的狀況很糟糕啊！」

沒有回應。

眼見她的背影逐漸遠去，一道冰冷的液體滑過了克洛斯威爾的臉頰。

——是暗色的淤青。

在輕薄的睡衣底下，可以看到暗色的淤青正閃爍著朦朧光芒浮現而出。

而那片淤青的體積還極為龐大，幾乎占據了她的整個背部。

……艾芙乾姊的背部也浮現出同一類的淤青。

……怎麼回事？到底發生了什麼事！

直覺告訴了自己答案。

愛麗絲蘿茲乾姊之所以會受高燒所苦，艾芙乾姊之所以會像個失去自我的人偶遊蕩，都是這些淤青的的關係。

……我也會變成這樣嗎？

……不對，現在不是想這些事的時候。

得幫助這對雙胞胎姊妹才行。

一邊是被高燒所苦的妹妹，另一邊則是茫然自失地走出家門的姊姊。自己只有一個人，沒辦法同時照顧兩邊。究竟該先幫助哪一方？

「唔！……抱歉了，愛麗絲乾姊，我一定會在十分鐘內回來的！」

他讓持續喘著大氣的妹妹躺在床上。

該先處理的是姊姊那一方。

……艾芙乾姊背上的淤青極為顯眼，我和愛麗絲乾姊的根本無從相比。

……要是被其他人看見的話，一定會引發大騷動的。

會在夜裡發光的淤青實在是過於離奇。

這極有可能會讓其他人感到毛骨悚然。加上她還是五天前的那起意外的相關人士，說不定會鬧得一發不可收拾。

「啊——真是的，到底是怎麼搞的！」

他沒空換衣服了。

克洛斯威爾隨便抓了件外套套在睡衣外頭，就這麼衝出了家門。

在哪裡？她往哪裡走了？

「是那邊嗎！」

在黑夜之中，他勉強看到了被昏暗路燈照亮的一名金髮少女。

克洛斯威爾忍著寒風吹拂，追著她嬌小的背影。

——一股既視感油然而生。

這是自己白天時走過的大馬路。

沿著這條馬路走去，便能抵達自己住過的醫院，而在這條路的半途——

「**不會吧！**」

他隱約猜到了乾姊姊的目的地。

那是讓自己的脖子、愛麗絲蘿茲的肩膀和艾芙的背部浮現出神祕淤青的契機——也就是引發了那起大爆炸的地點。

「是星之肚臍嗎！」

該處被好幾層的路障團團包圍。

都發生了那麼大規模的爆炸事件，會有這種應對也是理所當然。考慮到不明的能源還有可能再次噴發，這想必是用來阻絕人類靠近的措施。

然而——

鋼鐵製的圍籬和纜繩卻被撕裂了。

「……咦？」

只能用特殊工具才能切斷的合金纜繩和監視攝影機的電纜線，都像是被驚人的高熱燒灼過似的呈現出液化的現象，還被扯斷成無數小塊。

鋼鐵製的圍籬也一樣。

圍籬上被開出了一個剛好能讓嬌小少女通過的洞。

……喂……這是騙人的吧？

……這不會是乾姊幹的吧……應該……不可能吧……

這不是人類能辦到的事。

先不說合金製的纜繩是怎麼被扯斷的，光是要釐清熔化的原因就讓人腦筋打結了。

然後——

艾芙就站在那個噴發過強烈光芒的大洞前方。

在月光的照映下。

背上的大片淤青浮現在褐色的肌膚上頭。閃閃發光的金髮隨風飄揚，而她則是凝視著開在地表的大洞。

「乾姊，是我啊！」

或許她聽不進去。

但除了像這樣出聲呼喊之外，克洛斯威爾實在想不到自己還能做些什麼。

「要我說幾次都行，愛麗絲乾姊現在的狀況很糟糕！趕快和我一起回家吧！」

「————」

「拜託妳了，乾姊！」

「是誰？」

「咦？」

你是誰？

克洛斯威爾的內心深處，已經悄悄做好了會被現在的乾姊問出這句話的心理準備。然而，從乾姊姊口中說出的，卻是更為難以理解的——

「**人家是誰？**」

「……咦？喂，那是什麼意思啊！艾芙乾姊！」

「人家……我……人家……是……什麼東西………是、是人類……還是星靈………？」

嬌小身軀的纖細四肢頻頻發顫。

她抱住了頭部，彎起上身。

「……人家……我………」

在薄薄的睡衣底下，她背上的淤青發出了更為強大的光芒——

隨即噴出了宛如火山爆發的強烈光芒。那劇烈的光之洪流，甚至不輸給五天前發生的大爆炸光芒。

「什麼？」

這成了決定性的證據。

人類的肉體居然能噴發出光芒，這種現象已經不能單用詭異來形容，而是天馬行空了。

……這已經不能用單純的淤青來概括了。

……我們的身體都出現了異狀，而這片淤青就是異狀的徵兆！

艾芙乾姊的淤青比任何人都還要巨大。

這肯定也影響到了艾芙本人。但眼下究竟該怎麼辦？

「………克……洛……快……逃！」

「咦？」

「啊、啊啊啊啊啊啊啊啊！」

如此巨大的音量，究竟是怎麼從她嬌小的身子發出來的？艾芙．蘇菲．涅比利斯就這麼發出了撕心裂肺的吶喊。

而她的全身上下也隨之迸出了數以百計的閃光。

閃光沒有帶來聲響。

從克洛的臉頰旁掠過的一道閃光，將這處採礦場曾經存在過的鐵柱蒸發得無影無蹤。

而飛上天空的閃光在觸碰到雲朵的瞬間，甚至將雲朵消滅殆盡。

「…………這是在開玩笑吧？」

究竟要用上多高的溫度，才能將那粗大的鐵柱直接蒸發？

而且閃光的數量還有數百之多。

這次是湊巧朝著上空發射，所以才沒有釀成大禍。若是這陣閃光之雨朝著地面發射的話，恐怕會直接消滅帝都的一整個街區吧。

「…………克洛…………救救人家……」

「……乾姊？」

嬌小的少女就在自己的面前。

她單膝跪地，用雙手揪住了自己的衣服下襬，像在懇求似的頂著脆弱的神情仰望自己。

「……人家……不想……變成這樣………」

她緩緩地放鬆力氣。

艾芙乾姊姊就這麼握著他的衣角，當場失去了意識。

3

隔天早上。

雙胞胎的反應讓克洛斯威爾說不出話來。

「咦？克洛，你在說什麼啊？人家哪有跳過窗戶跑出去呀。」

「我在夜裡發出了悶哼聲？……對不起，我完全沒印象呢。」

這對姊妹一點記憶也沒有。

關於昨晚發生過的事，她們唯一切身體驗到的，只有用「好像沒有睡飽」幾字一筆帶過的倦怠感。

……愛麗絲乾姊明明表現得那麼痛苦。

……艾芙乾姊也對在那座採礦場發生的事一無所知。

她們喪失了記憶。

該立刻帶她們去看醫生嗎？然而姊妹倆前幾天才做過精密檢查，在得到了「沒有異狀」的診斷書後順利出院。他不認為帶去醫院有辦法找出箇中原因。

……原因已經很清楚了。

……在沐浴過那場大爆炸的光芒後，在場的人會浮現出奇怪的淤青，然後變得不再正常。

淤青正微微發出光芒。

無論是自己、艾芙或是愛麗絲蘿茲，其淤青的顏色和形狀都完全不同。

「喂，克洛，你怎麼突然不講話啦？」

艾芙拍了一下他的背部。

昨晚那失控的模樣像一場夢似的，此時的她表現得和平時一樣活力十足。

「你還在惦記那場大爆炸的事嗎？」

「……老實說，我是挺在意的。」

「是喔？但對咱們來說，趕快找到下一個職場才是要緊事呢。」

星之肚臍的挖掘作業已經收工了。

礦工伙伴們也各分西東，想必會在帝都裡找到下一份工作吧。

「……乾姊，可以開一下電視嗎？」

「可是每一台都只會播和那起爆炸有關的專題報導啊。」

「我就是想看那個。」

「都是在講一些已經重播到爛掉的消息啊。算了，反正今天很閒，就來看一下吧。」

她打開了架在房間角落的電視。

無論是住院期間還是昨天，報導的新聞都是那起事件的專題報導。不過正如艾芙所言，迄今都沒有什麼更進一步的消息。

……我想知道的是和淤青有關的資訊。

……和我一樣對此事掛懷的傢伙們，可能已經開始出現了。

他的眼睛眨也不眨地凝視著電視──

『接下來是第五十四期地源觀測所大爆炸事件的後續報導。』

『俗稱「星之肚臍」的事發現場，是作為採集地底新能源的作業之用，而事件便是在開通典禮時發生的。』

『根據帝國議會的說法，這是因為新能源從地底噴出的緣故——』

『專家將之命名為「不明氣靈（渦流）噴發事件」。』

『這起不明氣靈噴發事件的受害者共有七百八十四人。我們在先前已經做過確認，所有的受害者都已經康復出院，而他們都沒有留下任何的後遺症。』

「喏，都是講些陳腔濫調的屁話對吧？」

躺在地上的艾芙嘆了口氣。

「渦流是什麼鬼啦。要幫爆炸取什麼名字都無所謂，咱們這裡可是找不到新的工作，正在為此大傷腦筋呢。」

「不過……人家好像都沒事，真是太好了。」

愛麗絲蘿茲放心地按住了胸口。

「明明是那麼大規模的爆炸，結果只有光芒和聲響特別嚇人。那叫星靈對吧？那種能源對人體無害，真是太好了呢。」

無害？

真的對人體無害嗎？

「…………」

他以不至於被姊妹倆察覺的動作，悄悄地觸碰自己的脖子。淤青所在的位置。

就算觸碰也沒有不適的感覺。雖然不痛也沒有異物感，但就是莫名地能夠確定「有東西在那裡」的事實。

『接下來是最新消息！我們將公布昨晚採訪到的最新畫面！』

昨晚的最新畫面？

聽到這句話，克洛斯威爾不禁轉頭看向了艾芙。

該不會昨晚的事被別人看到了吧？不對，若是如此，那應該會有大批媒體和警察湧入這個家才是。

『採訪的對象是原本在第五十四期地源觀測所工作的十四歲少女。她沐浴了不明氣靈噴發事件的光芒，一直到幾天前都還過著住院生活。』

那是與艾芙的身高相仿的少女。

她有著一頭顯眼的微捲茶髮，也許是第一次上電視的關係，她在攝影機面前顯得有些害羞而畏縮。

「哎呀，是小繆夏？」

「這不是繆夏嗎！」

愛麗絲蘿茲和艾芙同時睜圓了眼睛。

上了電視的少女是他們的工作伙伴。她應該也被捲入了不明氣靈噴發事件，進了另一間醫院接受治療才是。

「她怎麼會上這種電視節目……嗯？」

艾芙定睛凝視。

電視上的繆夏攤開了自己的手掌。

紅色的淤青。

繆夏的手掌上有著和他們一樣的淤青。但驚人的是下一個瞬間——

她手掌上的淤青噴出了紅蓮之火。

「什麼！」

「……咦？」

「嗄！等、等一下，剛剛那是怎麼回事！是用什麼手法變的魔術啊？」

艾芙對著電視嘶吼道。

全世界的觀眾想必也抱持著相同的疑問。

這一定是事先設計好的表演——

『這並非魔術，也不是化學詐騙術。』

『因不明氣靈噴發事件而住院的人們中，有些人浮現出這樣的淤青。他們都是沐浴過名為星靈的新能源的人們！』

終於到了這一步。

「——」

一滴冷汗滑過了克洛斯威爾的臉頰。

對這個淤青感興趣的人終於出現了。浮現出這種淤青的人類會獲得詭異的力量——這點自己昨晚也從艾芙身上獲得了證實。

……既然繆夏也是如此，代表這的確不是只屬於我們家三人的問題。

……當時在場的所有人都和這樣的現象有關啊。

而這樣的消息透過了電視節目，傳遞給了全世界的觀眾。

「喂、喂，愛麗絲，讓人家看一下妳的肩膀！」

「呀啊！」

姊姊捲起了妹妹的襯衫袖子，凝視著她的肩膀。

她的肩膀上有著和繆夏不同的淤青。

「……愛麗絲，妳也辦得到一樣的事嗎？」

「我、我做不到啦！」

妹妹用力搖了搖頭。

「我才要問姊姊呢！」

「啊、喂，愛麗絲！」

這回輪到妹妹出手——她大膽地掀起了姊姊穿著的上衣，凝視著幾乎覆蓋了整個背部的暗色淤青。

「……姊姊，妳的淤青是不是有些太大了？」

「關、關人家什麼事啊！既然得都得了，人家也管不了它有多大吧？不過人家……也變不出繆夏那樣的魔術啦！」

艾芙的發言其實是一半對一半錯。

她或許變不出火焰沒錯，但自己已經目擊過艾芙全身發出光芒，並釋放出好幾百道威力驚人的閃光的那一瞬間。

那規模（力量）之大絕非繆夏能比。

「……我們身上的淤青（這個）到底是什麼呀……」

愛麗絲蘿茲按著自己的肩膀，輕聲低喃。

「……姊姊？」

「人家哪會知道啊！人家剛剛不是說過，這玩意兒是擅自長在咱們身上的，這個問題讓那些醫生還是學者去研究啦！」

艾芙有些氣急敗壞地說道：

「找好下一份工作比較重要，咱們只要想這件事就好！」

然而──

──這個社會卻不容許他們這麼做。

在電視節目播出後的隔天。

好幾十名報社記者和電視台的採訪專員蜂擁而至，直嚷著要檢查他們是否因不明氣靈噴發事件而長出了「淤青」。

而且天天皆是如此。

若是輕忽大意地走出家門，就會立刻被好幾十名採訪人員團團包圍。

「可惡，開什麼玩笑啊！咱們可不是給人觀賞的珍禽異獸！」

連素來粗神經的艾芙也掩飾不了內心的困惑。

至於愛麗絲蘿茲則是承受不住被世間監控的緊張和壓力，身體狀況開始出了問題。

「……艾芙姊，是不是該去拜託他們不要再過來了？」

「傻瓜！妳一旦出門露臉，他們就會馬上用攝影機讓妳上電視啦。那些採訪記者才不會在乎咱們的意願或處境咧！」

在二十四小時的監控下，他們過著像是囚犯般的生活。

再這樣下去，他們不僅沒辦法去超市購物，甚至無法過上日常生活。

要怎麼改善這種狀況？

得想辦法制止電視台或是報社記者，再次回歸以往的生活。

克洛斯威爾每天每晚都在思考，甚至犧牲了睡眠的時間。

「……是那小子。」

浮現在腦海中的，是露出討喜笑容的「談話對象」。

皇太子詠梅倫根。

他也是被捲入不明氣靈噴發事件的當事人之一，所以關於這起事件的情報，他肯定是知道最多的。

……那小子也和我們一樣住院了嗎？

……我也對他的近況有點在意，畢竟這幾天都沒傳訊息過來啊。

不能由克洛斯威爾主動聯繫。

他雖然想遵守這項原則，但這次真的顧不得那麼多了。

「詠梅倫根！拜託了，快接電話啊！」

他抱持著抓住救命稻草的心情掐緊了通訊機。

但就算打了好幾十通電話，對方遲遲沒有接起。

「啊，這樣啊，還真是沒辦法啊。那小子應該也很忙吧…………

才怪！我才不會就此罷休！」

他的耐心是有極限的。

雙胞胎的姊姊（艾芙）已經累積了太多疲憊，妹妹（愛麗絲蘿茲）則是搞壞了身體臥病在床。為了打破眼下的僵局，詠梅倫根的力量是不可或缺的。

「是你說過我『隨時都可以利用』的喔！」

去見他吧。

從連接著天守府的那條祕密通道。

4

天守府。

就是放眼整個帝國，也只有極少數人能通過重重檢查，獲准進入這座天帝的宮殿。

而克洛斯威爾則是躲過了警衛和監視器的視線。

「……就算是第二次，我還是會感到緊張啊。」

他環視著被彩繪玻璃照耀得金碧輝煌的走廊。

和第一次來的時候一樣。

他來到了又寬又長、甚至可以拿來當成短跑賽道的走廊。有時候也能看見像警衛的人走過此處。

——眼前是施有黃金綴飾的巨大門扉。

不用多說，這自然是皇太子詠梅倫根的房間。然而，從外側當然是打不開這扇門的。有必要從內側——也就是讓詠梅倫根開門才行。

「……但他卻是一點反應也沒有啊。」

通訊機依舊打不通。

「喂，詠梅倫根！你在房間裡對吧？」

克洛斯威爾冒著被巡邏走廊的警衛察覺的危險，拉開了嗓門喊道。

隨即連敲了好幾下門。

自己就在門口——為了傳遞這個訊息，他一次又一次地呼喚詠梅倫根的名字，敲打著房門。

……都做到這種地步了，他居然還是沒反應。

……連電話都不接，那小子該不會還在住院吧？

若真是如此，他也只能舉雙手投降了。

自己明明已經冒著天大的風險來到這裡，關鍵的皇太子本人卻可能不在天守府。

「可惡！如果不在的話，就發個訊息讓我知道啊……」

他自暴自棄地以吃奶的力氣推著門。

這是一扇得抬頭仰望才看得清楚的巨大自動門，用人力是絕對無法撬開的。只要不是被大卡車迎頭撞上，這扇門就是文風不動。他很清楚這件事。

理應是如此才對——

So E lu emne xel noi Es.（接受我吧）

他聽見了低喃聲。

是誰的聲音？在他開始思考這個問題之前，一道刺眼的光芒驀地綻放開來。

那是紫色的光芒。

「……是我的淤青嗎？」

照亮眼前的光芒，是從自己脖子上的淤青發出的。在察覺到此事的下一瞬間，怪事發生了。

嘰咿——

在他的全力推動下，門上的鉸鍊竟被壓得變形，而門也緩緩被推開了。

「……什麼？」

他只憑藉著一身蠻力，竟然就撬開了這扇機械門。

這可是皇太子房間的大門，就算讓好幾十人一起推動，理應也是撼動不了分毫才是。

……我的力氣怎麼會變得這麼大……

……難道說，**是那個**的關係嗎！

自己其實也已經被超常的力量寄宿著。

只是他一直沒有察覺到罷了。由於這不像是繆夏的火焰或是艾芙的閃光那般容易理解，所以他一直缺乏能讓自己察覺的契機。

「……我的身體……到底變成了什麼樣子啊…………」

但這可以稍後再說。

他連忙從敞開的門縫中鑽進房間。

踏入了宛如旅館總統套房般的奢華房間。

「詠梅倫根！你在嗎！」

『……………………………克洛？』

細微的嗓音傳了過來。

聲音來自位於寬敞房間角落的天篷大床。

「太好了，原來你在啊，詠梅倫根。抱歉，突然不請自來，但現在的帝都陷入了天大的騷動，我和家人也被牽連了進來。我想問你是不是知道一些──」

『別過來！』

「唔？」

『……別過來……不可以過來……求求你……**別看**。』

別看？

這個鮮少聽到的用詞讓克洛斯威爾感到一陣突兀，讓他不禁凝視起床鋪的方向。

在薄薄的床簾後方，可以看到一道人影。

隱約能看見床上的棉被是隆起的狀態，但那玩意兒是什麼東西？

從棉被底下露出了一條巨大的銀色尾巴。

棉被底下藏了一隻動物嗎？

那條尾巴以貓咪來說太過巨大，而狐狸也理應不會待在人類的房間裡。另一個問題是，詠梅倫根本人到底在哪裡？

「詠梅倫根，你在哪裡？」

『…………』

「你在床上養了一隻寵物嗎？我看不出那是狐狸還是貓就是了。」

『嗚。』

這一瞬間，棉被底下的「疑似野獸之物」重重地顫了一下。

「喂，詠梅倫根？」

在間隔了一小段沉默後——

『…………那是不該觸及的東西。』

詠梅倫根的說話聲從床上傳了過來。

『從星之中樞噴發出來的並不是能源，而是數以億計擁有意志的諸多星靈。它們寄宿到了人類身上。而那股力量由於過於強大，要是和星靈完全融合在一起，就會變得不再是人類了。』

「嗯？」

那是什麼意思？

噴發出來的不是能源？被星靈寄宿又是怎麼回事？

『……會變得不再是人類呢。』

「喂，詠梅倫根，你到底在——」

『就像梅倫一樣。』

棉被飛上了半空。

克洛斯威爾的視線先是被棉被吸引而去——隨即感受到脖子和背部傳來的劇烈疼痛，讓他險些失去意識。

「……嘎！」

回過神來——

他才發現自己被掐住了脖子，正被按在牆上。

『啊哈！』

「你——！」

對方的臉孔還留有皇太子詠梅倫根的特徵。

然而，如今按著自己脖子的，是一頭怪物。

他美麗的藍髮變成了銀髮，而全身上下都長出了宛如狐狸般的豐沛體毛，甚至還有尖牙和利爪。他的下半身甚至還長出了一條尾巴。

就像是童話故事裡會出現的獸人怪物。

『找到人類啦。欸，來和梅倫玩吧。』

原本是詠梅倫根的生物這麼說道。

他用的不是朕，而是以「梅倫」作為自稱。

而克洛這樣的暱稱也變成了「人類」。

「你是誰！」

『梅倫就是梅倫喔。是人類也是星靈，已經混雜在一起了呢。』

對方一臉欣喜地勒住了自己的脖子。

自己的背部抵著的牆壁承受不了如此巨大的壓力，發出了「劈里」的聲響迸出了裂痕。若是尋常的人類，脊椎想必早就被粉碎得不留痕跡吧。

諷刺的是——

寄宿在自己身上的超常臂力，讓克洛斯威爾撿回了一命。

『啊哈！人類，你真耐打呢。』

「……是啊！但我可不是自願變成**這種樣子**的！」

他反過來抓住了對方掐著自己脖子的手。

「我也快被這些東西搞瘋了！盡是些莫名其妙的事！」

其實他的內心某處已經做好了心理準備。

雙胞胎姊妹都出現了異狀，而自己的身體也變得古怪。

……既然如此，這小子自然也不會是例外。

……他可是待在那場爆炸的中心處，我早就猜到會有事發生了！

正因為做好了這般覺悟。

即便面臨著生死關頭，他還能勉強維持著冷靜的思緒。

「你差不多該給我清醒過來了！」

他抓住對方的手腕，用上全身的力氣拋飛出去。

對方被甩向了地板——

但就在撞上地板的前一刻，銀色獸人像隻靈敏的貓兒般轉了個圈。他輕巧地落在地板上後，再次準備飛撲過來。

他舉起了宛如匕首般銳利的爪子——

『**還回來**。』

爪子在觸及自己的前一瞬間停了下來。

「詠梅倫根？」

『……這副肉體是……朕的……梅倫……朕的……梅倫的……』

銀色獸人停下了動作。

他驀地跪倒在地，抱著自己的頭，身子頻頻打顫。

發生什麼事了？

就在自己愣愣地看著這一幕的同時——

『……**克洛**……』

依舊抱著頭部的銀色獸人以嘶啞的嗓音對自己喊道。

他喊了「克洛」。

和剛剛的「人類」不同，是詠梅倫根對他的暱稱。

『……把門……關上……』

「唔！我知道了！」

他連忙關上進來時鑽過的房門。

趁著警衛聽到這陣騷動找上門之前。

『…………沒事……暫時、已經不會有事……了……』

皇太子癱坐在地，抬起臉龐。

他來回看著自己親手在克洛斯威爾脖子上留下的紅腫勒痕，以及自己變化而成的野獸身形。

『……這下……究竟該說什麼才好呢……克洛，對不起喔……』

皇太子詠梅倫根以泫然欲泣的口吻說道。

『……你看看朕這身姿態……很可怕吧……居然長出了這種爪子和牙齒……還變成這種毛絨絨的身軀……只過了一晚，朕就變成這副德性了呢。』

「詠梅倫根。」

『……怎麼啦？』

「在我看來，你應該是對這一連串現象最清楚的人。」

克洛斯威爾斬釘截鐵地——

打斷了詠梅倫根自怨自艾的低喃。

「不是只有你而已，現在有好幾百人發生同樣的異狀。我和我的家人，還有在那座採礦場一同工作過的伙伴也都是如此。」

『…………』

「所以我——是來聽你說話的。我想盡量聊些積極正向的話題。」

『……克洛還真是樂觀呢。』

銀色獸人虛弱地微微苦笑。

『現在的狀況很糟糕耶？你應該要表現得更加驚惶失措才對吧？』

「老實說，我確實是慌張過好一陣子。但現在的我已經差不多麻痺了。」

『……哎，但你看到這副模樣也沒露出厭惡的神情……讓朕有點開心呢。』

詠梅倫根摸了摸從自己頭頂長出的耳朵。

隨即放鬆了臉上的表情。

『真沒辦法，既然你都特地來一趟了，朕就奉陪吧。不過那個……朕有件事要拜託你……』

「什麼事？」

『……那個……不要一直盯著看……朕……要穿衣服……』

被這麼一說，克洛斯威爾才有所察覺。

現在的詠梅倫根沒穿衣服，以人類來說的話是渾身赤裸的狀態。不過，因為他全身上下都被豐沛的獸毛覆蓋，所以看起來完全不像是一絲不掛。

「有必要穿衣服嗎？」

『笨蛋！』

惹他生氣了。

在詠梅倫根換好衣服後，他才一字一句地開啟了話題——

『那一天，待在「星之肚臍」周遭的人類都被星靈寄宿了。但絕大多數人都像現在的克洛一樣，沒有明顯的症狀。』

「什麼叫沒症狀，我的脖子不就——」

『星紋只是單純的象徵，並不會帶來壞處。』

「……星紋是什麼東西？」

『就是附著在克洛脖子上的淤青。這是星靈寄宿於人類的證據，因為不痛不癢，所以實際上就是沒有症狀吧？不過，其中也有人因而受害。』

現任天帝依然昏睡不醒。

而詠梅倫根則是連肉體都變了樣。他先前的意識似乎也變得十分混亂，也因此沒辦法回應自己（克洛斯威爾）打來的電話。

『寄宿在身上的星靈只有一個，全都是不同的個體。像梅倫就是抽到了下下籤。』

「喂。」

克洛斯威爾不禁擺出了迎戰姿勢。

他的自稱從「朕」變成了「梅倫」，是不是會像剛才那樣襲擊過來？

『已經混雜在一起了呢。』

盤腿坐在地上的詠梅倫根自嘲地露出苦笑。

『雖然應該不會像剛才那樣被霸占意識而胡鬧……不過，梅倫應該今後都是這個樣子了。』

「……你說這個模樣嗎？」

『因為梅倫不討厭啊，甚至逐漸覺得這副身子也挺不錯的。從這點看來，梅倫還是人類時期的自我，應該已經和星靈融合得相當徹底了。』

不只是肉體，連自我意識都逐漸產生變化。

而自己則是知道有一名少女的症狀和詠梅倫根相似。

「……就我所知，艾芙乾姊的狀況和你挺相近的。」

突然失去意識並走出家門。

背上的巨大淤青，釋放出相當於大規模武器的威力。單就破壞力來說，她的能力說不定比詠梅倫根更為強大。

「希望你能想點辦法，只把艾芙乾姊的事隱瞞起來。在報導過繆夏的事蹟後，全世界的記者肯定都會湧向帝都的。」

『梅倫阻止不了喔。』

「……你回答得也太快了。」

『所以梅倫才會繭居在房間裡呀。至於克洛的家人，也只能請她低調度日了。』

就算用上皇太子的權限，也沒辦法把消息全數壓下。

即便能控管帝國內部的資訊，但對於帝國外的報導媒體終究是一籌莫展。

『根據梅倫的猜測，被星靈寄宿的人類還會繼續增加。正確來說，會有更多人被發覺。』

「但我聽說住院的病患總數還不到八百人啊。」

『那些都是聚集在「星之肚臍」周遭的觀眾吧？你回想一下，當時的星靈之光是朝著帝都的上空噴發的對吧？』

「……也就是說……」

『整座帝都全都籠罩在那道光芒之中。』

數以萬計的人民都受到了星靈之光的照射。

而其中有好幾成的民眾會顯現出星靈印記，寄宿超常之力吧。目前只是還沒暴露出來罷了。

……不然就是躲藏起來了。

……就像我或乾姊們那樣，害怕著發生在自己身上的異狀。

接下來才會進入真正騷亂的時期。

因為繆夏的採訪事件，全世界都注意到了名為星靈的未知力量。

「如果騷動持續擴大，我們會變得怎麼樣？」

『————』

詠梅倫根仰望著天花板。

在克洛斯威爾的凝望下，沉默持續了很久很久。

『大概是二選一吧。如果是朝著好的方向前進，那擁有星靈這種超常力量的人們便會成為鎂光燈下的寵兒。但若非如此……』

「會怎樣？」

『大概會被視為人人恐懼的洪水猛獸吧。』

如果將時間限定在幾週之內——

那狀況確實是朝著詠梅倫根所推測的「好的方面」發展。

像繆夏那樣寄宿了星靈之力的人們，在這段期間展示起自己獲得的奇蹟之力，而電視台和報社記者們則是大幅報導著他們的表現。

淤青則正式命名為「星紋」。

這些人被視為一種「天選之人（明星）」，成了媒體界的寵兒。

但在一個月之後。

帝國內開始籠罩起陰霾。

——寄宿星靈之人出現了施暴與犯罪的行為。

一名少女以「剛好心情不太好」為由，發動了炎之星靈對幾名男子施暴，讓他們受了瀕死重傷的暴力事件。

濫用星靈的力量闖入民宅，強搶他人貴重財物的搶劫事件。

「……上週的帝都發生了三起案件，但這週已經發生了第十一起案件了。電視台起初還把我們捧得那麼高，現在已經換了個說法，把我們稱為『星靈感染者』了。居然說我們被汙染……這種講法也太過分了。」

『因為獲得星靈之力的人們會產生變化啊。這也包括想法和行為喔。』

詠梅倫根的說話聲透過通訊機傳了過來。

『舉例來說，要是獲得了一生揮霍不盡的鉅額財富會怎麼樣？大多數的人類都會辭去工作，也不再去上學。』

「你的意思是，這和天降橫財的狀況一樣嗎？」

『**星靈的性質更為惡劣**。』

通訊機另一側的詠梅倫根，用看破紅塵般的口吻這麼說道：

『因為可以用來報仇。』

「報仇？」

『比方說，在學校受到霸凌的孩子要是獲得了星靈的力量，會變得如何呢？他八成會向欺負自己的那些孩子們展開報復吧。這是一個很棒的武器對吧？』

「…………」

『還有更多可能發生的狀況喔。基於貧窮或是不幸等等原因，會覺得「自己遭到社會的歧視」或是「好恨這個世界」的人類比比皆是。而這些人類的其中數成，就能透過這次的事件獲得宣洩怨氣的力量呢。』

星靈的力量極為強大。

雖然獲得的能力各有不同，但對於一般人來說，這種力量遠比槍械還更具威脅。實際上，克洛斯威爾在這幾天也多次看到警備隊在街上巡邏的景象。

他們在警戒星靈感染者的暴行。

「……但是濫用這股力量的人只有極少數。」

自己和乾姊都不是這種人。

之前的工作伙伴們也一樣。他們敏感地察覺到，寄宿了星靈的人類在世間觀感逐漸惡化的趨勢，正努力以低調而平靜的態度過日子。

『你有聽說過劣幣驅逐良幣嗎？壞事總是容易傳千里呢。』

「…………」

『梅倫當然也會有動作啦。在天帝（父親大人）還沒醒來的此刻，帝國議會的控制權實際是落在八大長老的手裡。雖然看他們不順眼，但梅倫也會要他們出手幫忙。星靈感染者終究是事件的受害者，別讓空穴來風的傳聞散播下去——梅倫會這樣指示他們的。』

「拜託你了。」

『你最好把成功率想成只有一半。八大長老（那些傢伙）**不可信**。』

「你說什麼？」

『梅倫變成這種樣子之後，就不能在人前露臉了。能改變這個局面的就只有八大長老而已。只是……』

吞吞吐吐的用字遣詞——

以這位皇太子的行事風格來說，很難得看到他露出這種天人交戰的神情。

『梅倫討厭他們。正因為重用了八大長老，天帝才會變了樣。』

═══

這是一間極為黑暗的小房間。

設置於帝國議會地下的祕密徵詢室。

而在這裡——

被稱為帝都賢者的八名男女，正以圍坐的形式看著彼此。

「星靈真的存在。」

「星之民的傳說是正確的。我等獲得了能創造新世界的能源。」

「至此一切順利。問題在於——」

「想不到星靈的親和力竟如此之高，甚至會寄宿在人類身上……」

能夠為時代帶來變革的強大能源。

而這樣的能源會寄宿在個人身上，是八大長老始料未及的結果。

「這是何等的失算……」

「是呀。我們明明已經做過了各種想像和沙盤推演，但現實卻超乎了我們的思維。」

在他們的認知裡，星靈的噴發和火山爆發一樣。

降神祭噴出的大量能源想必會像熔岩一樣，將周遭的一切毫不留情地焚燒殆盡。而天帝和皇太子肯定也會被捲入其中。

但他們的如意算盤卻落空了。

「皇太子（詠梅倫根）**居然活下來了**。」

星靈，能促進人類的進化。

而星靈寄宿在人類身上的行為，對八大長老來說也是無法預期的未來。

能夠捎來暴風雨等級的強風。

能夠喚來包覆一整棟大樓的烈火。

能夠施放連戰車都能凍結的寒氣。

擁有這類力量的人類一旦誕生，就可能打破這個世界的勢力平衡。

「以現況來說，即便就目前所知的星靈之力，其種類也是相當多樣。」

「我等掌握的樣本僅是九牛一毛，今後還會出現力量超乎我等想像的寄宿者吧……不過，那暫且無須多慮。」

「眼下的重點是皇太子。」

「寄宿在那個身上的星靈，恐怕是最為接近星之中樞的星靈之一。」

這是超乎預料的狀況。

理應被捲入星靈能量爆炸而喪命的皇太子，卻偏偏「脫胎換骨」地成了超越人類的存在。

「皇太子已經隱約察覺到了。」

「但他不會對八大長老〔我等〕動手。那身怪物般的姿態，是不能離開天守府一步的。況且他還只是個幼童。」

「掌握帝國的仍是我等。」

「在不久的將來，星靈感染者們肯定會累積實力，得在那之前做好應對。星靈感染者這個名稱還是太溫吞了，應該趁早為他們安上一個更有邪惡印象的名稱才是。」

「——」

「——」

沉默。

八名賢者凝視彼此的臉孔，最後得出的詞彙是——

「魔女。」

「就這麼敲定了。被星靈寄宿之人將被稱為『魔女』和『魔人』。在帝國疆域之內將禁止其他的稱呼方式。」

「盧克雷宙斯，魔女和魔人在帝國境內的犯案數量為？」

「十一起。」

「太少了呢。這樣還不足以改變世界的眼神。」

「幫他們增加一些吧。」

5

深居簡出、屏氣凝神的生活一直持續著。

若是從敞開了窗簾的窗戶向外看，肯定能看見包圍住處周遭的電視台人員或報社記者吧。

無論是自己、艾芙還是愛麗絲蘿茲——

他們無法抵禦這封閉壅塞的氛圍，逐漸變得沉默寡言。如今，他們再也想不出任何愉快的話題了。

這已經是第幾天了？

他們甚至關掉了電燈，每天只是一臉茫然地看著電視新聞。

不過，僅限今天有客人在。

「對不起！」

少女泣不成聲的話語響徹了狹小的房間。

「……都是咱……上了那種電視節目……」

來訪的是繆夏。

她擦拭著眼角的右手，浮現出閃爍紅光的淤青。這道淤青具備著發出火焰的力量，而也因為此事被報導到了全世界，才會造成一系列事件的發生。

「……咱起初是因為感到不安，所以跑去看了醫生，但後來被電視台的人找上，還稱讚咱的力量非常厲害……咱迄今從來沒被人稱讚過，所以才會喜孜孜地答應要上電視……」

「錯的又不是妳。」

躺在地板上的艾芙氣呼呼地說道。

她指著架在房間角落的電視螢幕。

「妳看這些新聞報導，他們都說咱們是寄宿了惡魔印記的魔女耶。而魔女們在帝國境內犯案的數量節節上升，雖然不曉得是哪來的蠢蛋在做這些事，託了這些人的福，連咱們都被說成一丘之貉了。」

利用星靈之力施暴或是犯案的人物層出不窮。

到上週為止是十一起案件，但光是這週就飆升到一百一十二起了。

這已經不是呈倍數成長，而是以平方級數成長了啊。

「繆夏，妳拋開住處逃到這裡是沒關係，但咱們家也已經被警備隊澈底盯上了，現在不管到哪裡都一樣。」

世間看他們的眼神變了。

從獲得了奇蹟之力的天選之人，轉變為獲得了危險力量的需監控對象。

「……新聞說，今天又逮捕了幾名犯罪的魔女。」

愛麗絲蘿茲輕聲低喃。

凝視著電視的她，表情也相當陰鬱。乾姊姊那開朗嬌憐的笑容，已經持續消失好幾天了。

「……就算上街購物，住隔壁的安娜阿姨也不會和我搭話了。」

「現在已經沒人敢和咱們搭話了啦。不管是電視節目還是報紙，都把我們說得像犯罪預備軍一樣。喂，克洛，你也別一直當個悶葫蘆，過來參加我們的對話啦。」

「────」

「喂，克洛？」

「……唔，啊，我當然有在聽。」

被以側臉相對的艾芙點名，克洛斯威爾趕緊點了點頭。

「我看電視看得太認真了。」

這句話一半是真話，一半是謊言。

他一邊看著電視上的新聞，一邊沉浸在自己的思考之中。

……詠梅倫根，這是怎麼回事？

……你不是說會想辦法控制住針對星靈感染者的負面風評嗎！

但現實卻不是如此。

電視新聞和報紙都極為異常地敵視他們，甚至還若無其事地使用了「魔女」和「魔人」這種蔑稱。

甚至還派出了全副武裝的警備隊圍住住家，連購買食物的時候都會受到監視。

……有些星靈感染者會引發暴力事件。

……假設這真的是事實好了，但犯案的數量增加得是不是太快了？

這個數字真的是實際發生的案件數量嗎？

至少自己在這一帶還沒見過利用星靈犯案的情況。

……要是還能和詠梅倫根取得聯繫就好了。

……得要那小子恢復意識才行。

詠梅倫根並沒有撥打電話回應。

在幾天前的聯絡中，他表示肉體的變化對自己帶來了相當大的負擔，因此不時會出現失去意識的狀況。

「……咱果然還是回家吧。」

這時，嬌小少女站起了身子。

「反正待在外面的警備隊，都是跟著咱一路尾隨過來的……要是待在這裡，也只會給艾芙和愛麗絲帶來麻煩而已……」

「喂，繆夏，等一下！妳就算回去也改變不了什麼事的！」

「是、是呀，小繆夏，我們也和妳一樣感到不安，如果大家能待在一起的話，就會放心許多呢！」

艾芙和愛麗絲蘿茲一鼓作氣地站起身子。

但繆夏的視線並沒有看向這對姊妹——

「克洛。」

而是望著自己。

「你是男生，要好好保護兩位乾姊姊喔。」

「唔！」

「再見囉！」

她打開房門跑了出去。

茶髮少女強行撥開警備隊和抱著攝影機的記者們所圍出的人牆，頭也不回地在大馬路上疾奔而去。

「……小繆夏……」

「……那丫頭明明是年紀最小的，居然還在替咱們著想，這還像話嗎！」

艾芙不甘心地緊咬自己的後齒。

平時面對小事總能一笑置之的艾芙，在這時也不禁閃爍其詞。

「……為什麼會變成這樣？」

艾芙倚在牆邊低喃道：

「咱們可是什麼都沒做，為什麼人們都把咱們稱作魔女，還派警備隊上門監視，甚至還得被逮捕？如果這麼想對咱們動粗……人家還不如……像個真正的魔女那樣激烈反抗——」

「姊姊。」

「開玩笑的。這當然是玩笑話啦。」

看到妹妹露出不安的眼神，姊姊坦率地啐了一句。

「不過啊，愛麗絲，人家舉個例子——如果清白的人家或是克洛真的遭到逮捕，妳會一聲不吭地接受這種事嗎？即使知道咱們是被冤枉的，妳也不打算反抗嗎？」

「嗚！這、這個……」

「人家可是敬謝不敏——因為人家不想失去家人啊。人家可是姊姊，保護妳和克洛，不正是姊姊的義務嗎？」

這句話——

正是平時扮成淘氣鬼的少女艾芙，首次對兩人透露的真心話。

「要是妳或克洛被抓，人家就算只有一個人，也會跑去把那些人痛打一頓。管他是警備隊還是帝國議會，人家會把官階最高的傢伙痛揍一翻……哎，這有一半是在開玩笑就是了。這種狀況最好還是不要發生比較好啊。」

「對、對呀，姊姊。」

愛麗絲蘿茲慌忙地點了點頭。

「現在只是因為人心惶惶的關係，我們就忍耐一陣子吧。我想，人們雖然稱呼我們為魔女，但他們總有一天會察覺我們並不是什麼可怕的對象。我覺得，像以前那樣和樂融融地共處的日子一定還會來臨的！」

「愛麗絲真的是個爛好人呢，而且也太樂觀了吧——」

「……這、這樣不好嗎？」

「人家又沒說不好。妳真的和人家不一樣，想法相當成熟呢。」

姊姊輕輕露出了苦笑。

「……要是能實現就好了。」

而這小小的心願。

在四天之後，被輕而易舉地捏碎了。

——繆夏以魔女的身分遭到逮捕。

她對一般人犯下了傷害罪。

繆夏以炎之星靈放火傷人，連趕到現場的警備隊都受了重傷。

「……騙人的吧！」

這天的克洛斯威爾掩人耳目地上街購物。

而在回家之後，一聽到臉色大變的愛麗絲蘿茲這麼告知，他不禁說不出話來。

「繆夏犯下傷害罪？……我不信。因為繆夏不是才來過我們家，還表現得那麼害怕嗎？這是不是哪裡搞錯了？」

「我也是這麼認為的，但事情就是發生了呀！」

愛麗絲蘿茲拉高了嗓門喊道。克洛斯威爾還是頭一次看到素來沉穩溫柔的乾姊姊如此慌張的樣子。

……話說回來，艾芙乾姊呢？

……她為什麼不在家？

在家等待自己的是妹妹。

理應待在一起的姊姊不見蹤影。

「……艾芙姊衝出去了。她大概是想去幫助小繆夏！」

「可惡，為什麼都是不好的預感成真了！」

他抓住乾姊姊的雙肩，微微點了點頭。

「愛麗絲乾姊，妳在家裡等著。在我把艾芙乾姊帶回來之前，不管上門的人是誰，妳千萬不要開門！」

克洛斯威爾背對著乾姊姊，衝出了家門。

得去阻止她。

他冒出了不好的預感——而且還是讓他冷汗直冒、可以說是惡兆一類的猜測。

……愛麗絲乾姊在擔心艾芙乾姊的安危。

……但她錯了，真正有危險的八成會是警備隊！

只有自己知道。

失控的艾芙曾施放過無數的閃光。那種玩意兒一旦朝著地面上的警備隊發射，在場的警備隊恐怕會全軍覆沒。

艾芙的星紋比任何人都來得巨大。

而這肯定代表著寄宿在艾芙身上的星靈極為強大。

「艾芙乾姊，妳去哪裡了！」

他在大馬路上狂奔著。

鄰近的警察局沒有留下相關的線索。他也繞去了疑似繆夏被抓的案發現場，但也沒有艾芙的身影。

「……難道說，繆夏被抓之後並不是被帶回警局？」

繆夏是被警備隊逮捕的。

所以克洛斯威爾才會以為艾芙的目的地是警察局。然而，負責審問繆夏這名魔女的單位，是推動星靈能源計畫的——

「是帝國議會嗎！」

「要是妳或克洛被抓，人家就算只有一個人，也會跑去把那些人痛打一頓。」

繆夏被逮一事，牽扯到的並不只有她本人而已。

若想提出管制魔女、魔人這類蔑稱的請求，只能找帝國的高層處理了。艾芙有可能是考量到這一點，而前往了帝國議會。

「……可是艾芙乾姊，妳這樣太魯莽了！」

他猛喘著氣再次狂奔。

心跳聲越來越大。艾芙要是在帝國議會大鬧一場，打傷了高層人員，那事態會走向最糟糕的發展。

——帝國議會。

這裡是被銀色鐵閘門包圍的遼闊腹地。而在門口的哨所——

「讓人家見繆夏一面！求求你們！」

被全副武裝的警備隊包圍的褐膚少女，聲嘶力竭地吶喊著。

即使肩膀被警備隊按住，她也沒有絲毫懼怕。

「那丫頭才十四歲而已呀！十四歲的小丫頭能犯下什麼傷害罪？開什麼玩笑，這一定是有人惡意栽贓！」

然而——

俯視著艾芙的強壯警備隊員們，沒有人願意出言回應。

他們的雙眼不帶一絲感情。

這是看待少女該有的眼神嗎？

連站在遠處觀看的自己都不禁感到毛骨悚然——警備隊員看待艾芙的表情之空虛，像是在看著路邊的小石頭般。

「———」

「喂！你們……」

警備隊員們凝視的並不是艾芙的臉孔。

而是她的背部。

他們一直在觀察的，是從薄襯衫底下浮現的巨大星靈印記。

「**她是魔女**。沒錯，我們在議會的哨所逮住她了。請知會八大長老一聲。」

「唔！」

聽到警備隊員的呢喃，艾芙的眼神為之驟變。

對方沒把艾芙當成為了蒙冤入獄的少女（繆夏）喊冤的女孩，而是當成了試圖劫走凶暴魔女（繆夏）的另一名魔女。

艾芙就是被這樣看待的。

「……原來如此。人家……人家的印記……有這麼讓人不舒服嗎……你們就是拿這點小事當理由，硬是把繆夏抓走的吧。根本就沒有什麼暴力事件，你們只是想當正義的一方才出手抓人——你們只是想塑造壞人而已。」

警備隊員們沒有回應。

他們只是默默地舉起艾芙的手腕將她上銬。克洛斯威爾衝上前去，試圖阻止警備隊員的行動。就在下一秒——

Sera……So Sez lu teo fel nalis pah pheno lef xel.（我將以星之子的身分，淨化這顆星星）

迸出了一陣爆炸。

至少看在克洛斯威爾眼裡是如此。

讓雙眼灼熱疼痛的強烈光芒——

以及幾乎讓人失去意識的劇烈聲響。

彷彿要將大氣扭曲擰碎的強烈衝擊波，以艾芙為中心向外肆虐。

——回過神來。

水泥地面迸出了宛如蜘蛛網般的裂痕，柵門也扭曲得看不出原貌，原本停在附近的車輛全被炸得車底朝天。

「別碰**我**。」

褐膚少女俯視著倒地不起的警備隊員們。

她襯衫的後背部被大範圍地撕開，顯露出暗色的星紋。明明沒有起風，她豐沛的金髮卻劇烈地擺動著，簡直像頭髮有了自己的意志似的。

這樣的身影——

舉手投足無不洋溢著超常存在感的她，究竟該如何形容才正確？

覺醒。

她「轉化為」某種超越人類的存在——克洛斯威爾只能想到這樣的詞彙。

「……艾芙乾姊？」

「是克洛啊。」

褐膚少女轉過身子。

從她的反應來看，她似乎是到這一刻才察覺到克洛斯威爾在場。

「你趕快回家吧。」

「乾姊，妳打算做什麼！而且妳這身模樣……」

「我要解放繆夏。」

艾芙側著臉，看向矗立在腹地深處的帝國議會會場。

「我已經對帝國（這個國家）沒興趣了。這裡沒有我們的棲身之處。」

「……妳說什麼……」

克洛斯威爾憑藉直覺理解到一件事。

艾芙乾姊打算大鬧一場。在搶回繆夏之前，她打算摧毀帝國的各項設施，擺平所有企圖阻止自己的人。

「等等，乾姊，繆夏不見得被關押在這裡啊！乾姊，妳若是魯莽地衝進去鬧事，那會——」

「她在議會會場的下面。我感受到繆夏星靈的波動了。」

「…………」

一道冷汗滑過了克洛斯威爾的臉頰。

這是決定性的證據。艾芙乾姊已經不是他認識的那個乾姊姊了。

……她幾乎可以說是詠梅倫根的同類。

……雖然身體不像那小子一樣起了變化，但感覺根本變了一個人。

艾芙舉起了一隻手。

她像是在呼喚著什麼似的仰望天空。

「克洛，你回家吧。」

「等等，乾姊——————唔！」

消失了。

只見艾芙乾姊朝著出現在半空的「空間之門」飛去，大搖大擺地消去了蹤跡。

而在短短半小時後。
帝國議會會場的地下室引爆了神祕的大規模爆炸，並被摧毀了一半。

6

幾天後。
『克洛，好久不見啦。』
被警備隊盤問了好幾個小時後終於獲釋的克洛斯威爾，於回家的路上聽到了久違的詠梅倫根的聲音。
『梅倫睽違十天恢復了意識喔。不過，梅倫也搞不太清楚現在究竟是人類的人格，還是被星靈指使開口的呢。』
「……在你睡覺的這段期間，我們這裡出了大事。」
『你的乾姊姊似乎幹出了大事呢。』
自己終究沒能阻止她。

他隱約有所察覺，就如同詠梅倫根出現過的變化那般，艾芙乾姊也強烈地受到了寄宿的星靈影響。

過於強大的星靈之力轉化為對帝國的仇恨，最終引爆。

「你對這件事了解多少？」

『比你了解得更多。至少梅倫很清楚你家人犯下的罪行（事件）有多重大喔。』

在間隔一拍之後——

『她為了帶走名為繆夏的魔女而踏入議會會場，不僅讓試圖制止的警備隊員身負重傷，還將議會會場的地下室炸得灰飛煙滅。當時的八大長老正在審訊那個名為繆夏的魔女，而他們似乎也受到了重創。』

「我想也是。」

『整件事的前因後果都被監視攝影機拍下，如今已經公布給全世界知道了。』

這是魔女對他人施暴的決定性瞬間。

而且不是帝國高層的自導自演，是如假包換的犯罪。

『在全世界的注視下，她淺顯易懂地演示了「被星靈寄宿的人類就是如此危險」的實際案例。不只是艾芙，那些針對所有星靈感染者的抨擊，如今有了窮追猛打的正當理由。』

「……艾芙乾姊已經被列為重大罪犯了吧？」

『嗯。就這部分來說，梅倫真的沒辦法幫她說話。雖然很想和她面對面好好聊聊，但她也沒待在克洛身旁對吧？』

「嗯，艾芙乾姊已經失蹤了。」

在解救繆夏之後，她便和繆夏一同失去了蹤影。

『現在連梅倫都阻止不了了。』

皇太子嘆了口氣。

『天帝依舊意識不明，目前代為施政的是八大長老。而這八大長老在艾芙的攻擊下受了重傷，你應該懂這代表什麼意思吧？』

「……她和帝國的有權有勢之人為敵了。」

『很快就會開始獵捕魔女了吧。再過不久，整個帝國都會掀起迫害星靈感染者的風潮。啊，不對，因為星靈感染者是邪惡的一方，所以這不叫迫害，而是宣揚正義。』

「那你要我們怎麼辦啊！」

『——————』

這陣有口難開的沉默——

是克洛斯威爾和詠梅倫根交談至今最長的一次。

『梅倫就坦白說吧。包含克洛，這個國家已經沒有星靈感染者的棲身之處了。』

「……你……該不會是要說……」

喉嚨急遽變得乾涸，光是擠出嘶啞的聲音就用盡了他的全力。

這甚至不需要多做思考。

詠梅倫根的言下之意實在過於明顯，甚至極為殘酷。

……若是待在帝國，那世人會把我們全部視為罪犯看待。

……但目前這種狀況還只侷限於帝國境內。

會將星靈感染者稱為「魔女」或「魔人」的，目前只有帝國人。

現在還來得及。

這寬闊的世界，說不定還存在著願意接納我們的國家。

「你是要我們逃出帝國嗎……？」

『梅倫終究得顧及身為這個國家皇太子的立場。雖然沒辦法在檯面上給予你們協助，但也不會反對，只會當作沒看見喔。』

但要逃去哪裡？

前往帝國以外的地區移居——這是一起得帶著數千人尋找落腳之地的空前挑戰，光是前置作業想必得花上好幾個月吧。

要逃到哪裡，又該用何種形式過活？

『這是很值得思考的事喔。若是真的有什麼萬一，梅倫也會想辦法讓克洛和你的家人逃出去的。』

「這真的只能當成最後手段了吧……」

他對現在的住處已經產生了感情。

明明好不容易才開始習慣在這個國家的生活。

「……我會向愛麗絲乾姊知會一聲。雖然艾芙乾姊不在，我們沒辦法做出決定。」

他掛掉通訊機，在大馬路上邁步。

大多數的民宅都呈現熄燈的狀態。

刺骨的寒風讓克洛斯威爾縮起了身子，循著不可靠的昏暗路燈向前行進。在他好不容易抵達住處的時候，只見心神不寧的乾姊姊正站在門口。

「克洛！太好了，你沒事呢。」

「……今天也被狠狠壓榨了一頓呢。他們一直要我說出艾芙乾姊的去向。」

這件事連自己都想知道。

在帝國議會會場入口處消失的乾姊，現在究竟人在哪裡，又在做些什麼？

「外面很冷吧？總之先進來吧。」

他走進家門。

原本讓人難以呼吸的外界寒風就此阻絕，他總算回到了明亮而溫暖的客廳。但就在這時，自己和愛麗絲蘿茲的視野卻驀地染上了一片黑暗。

是停電了嗎？

眼前像是被人潑了一桶黑色油漆似的變得漆黑，甚至讓人誤以為陷入停電的情況——

隨即，飄動著金髮的褐膚少女從中跳了出來。

「乾姊？」

「艾芙姊？咦……咦……？」

愛麗絲蘿茲連連眨眼，看著從虛空中竄出的姊姊的身影。

仔細想想，這還是這位妹妹首次親眼目睹。

姊姊身上寄宿的星靈之力。這與能生成火焰或強風一類的小伎倆完全不同，是能夠扭曲空間的超然之力。

「姊……姊姊……？」

她的外觀有了巨大的變化。

即使室內無風，艾芙的金髮也總是維持著飄逸的狀態。而她原本穿在身上的襯衫已經破爛不堪，變成像外套一樣。

「愛麗絲、克洛。」

艾芙呼喚兩人的語氣，冷漠得讓人戰慄。

用「不帶一絲生氣」來形容或許更為精確。

「我有事要說。」

「呀啊！」

「咦？」

連眨眼的時間都沒有。

艾芙一抓住自己的手，眼前的空間隨即迸出了裂痕。而他和愛麗絲蘿茲同時被拉進了一片漆黑的空間裂縫——

回過神來，自己已經待在被漆黑簾幕包覆的空間之中。

漆黑的帳篷中。

這是一處大約數十公尺見方的正方形廣場，而廣場角落則是矗立著像是黑曜石般閃爍著光澤的黑塔。

這裡是哪裡？是什麼樣的地方？

這裡不是戶外也不是家中，只能說是一處一無所有的亞空間——

「愛麗絲！」

「小繆夏！」

接住抱過來的少女，愛麗絲驚訝地提高了聲音。

抱住了愛麗絲的，是原本被警備隊逮捕的繆夏。

在艾芙襲擊帝國議會會場之後，有傳聞指出她和艾芙一起失蹤了。

「小繆夏，原來妳沒事！聽說妳被警備隊抓走了……」

「那都是騙人的！警備隊（那些傢伙）說有事要調查咱，打算把咱強行押上他們的車。咱就是因為在那時反抗，才被誇大成對人施暴的！」

「我也一樣。」

接著開口的，是曾在採礦場擔任班長的青年——德雷克。

「警備隊也找上了我家。我在差點被帶走的時候受到了艾芙的救助，之後就被她帶到這個神奇的地方避難。**在這邊的所有人都一樣**。」

不只是繆夏和德雷克。

被艾芙帶到這裡的男女老幼足足超過了一百人。除了昔日的採礦場工作伙伴之外，還有曾在帝都路上打過照面的熟人和他們的家人。

克洛斯威爾隨即發現了。

聚集在這裡的人們大多都纏著繃帶，遮擋著手腕和額頭等部位。

至於繃帶底下隱藏的東西，自然是不言而喻。

……所有人都是被逮捕的星靈感染者。

……艾芙乾姊居然一個人救出了這麼多人嗎？

艾芙已經失蹤了好幾天。

這代表在帝國布下天羅地網的同時，她還能在無人察覺的情況下將人們一個又一個地帶進這個空間之中？

「已經不需要帝國了。」

艾芙嚴肅的口吻響徹了周遭。

「我們要離開這個國家。」

眾人登時發出了嘈雜聲。

在超過百人的人們同時面面相覷的當下，只有自己無聲地握住了拳頭。因為他對這樣的提議相當耳熟。

……這也太諷刺了吧。

……遠走他鄉——這不是和詠梅倫根的意見一模一樣嗎？

只剩下這一步能走了。

帝國的皇太子和對帝國舉起反旗的少女，都得出了相同的結論。

「我希望在場的所有人，都能向自己的家人或是同伴知會一聲。我們要帶上所有的家當逃亡，若是警備隊敢出面阻擋，就由我解決他們。」

這是何等游刃有餘的反抗宣言。

其口吻之愜意，簡直像在說：「若是有蟲子在飛就拍死牠」似的。

「可、可是……」

一名男子忍不住喊道：

「要是我們向警備隊反抗的話，帝國下次就會派正式的軍隊出來了！」

「來的是帝國軍也一樣。我一個人就能擺平他們。」

「……什麼？」

「敢來妨礙的，我絕不饒恕。無論來的人是誰都一樣。」

周遭陷入了沉默。

艾芙這名少女的改變太大了。面對她過於強大的力量和自信，所有人都無意識地察覺到一件事。

艾芙沒有說謊。

寄宿在這名嬌小少女身上的星靈，蘊藏著能壓制帝國這個泱泱大國的強大力量。

「我們三個禮拜後出發。這種糟糕透頂的國家，還是及早捨棄為佳。」

「姊姊，等一下！」

妹妹拉高嗓門的吶喊，在漆黑的空間中產生了回音。

「……大家都很不安。我覺得逃離帝國這件事，並沒有姊姊說得那麼簡單。大家都在這個國家住久了，也對這片土地產生了感情。無論是工作、家園還是朋友，都不是說捨棄就能捨棄的……」

「可是——」

「我希望妳能再多給我們一點時間！」

她打斷了姊姊的話語。

仔細想想，克洛斯威爾還是頭一次看見妹妹展露出如此堅強的意志，甚至不惜打斷姊姊的話語。

「姊姊，拜託妳，給大家思考的時間吧。」

「…………」

「我們也需要時間準備。帝國裡的警備隊持續加強著監視行動，若是有好幾千人打算逃出帝都，絕對會被他們察覺到的。我沒說錯吧？」

艾芙沒有開口。

她露出誠摯的神情，專注地聽著比自己更為成熟的妹妹傾訴。

「……我們多花點時間吧。無論是離開帝國後該往何處去，還是到達目的地後該怎麼過日子，必須想出一個能讓大家放下心來的計畫。」

「——」

「姊姊，求求妳了。」

那是一陣極為漫長的寂靜。

對視的這對姊妹甚至捨不得眨眼——最後是姊姊先有了行動。

「我知道了。」

呵——

艾芙的嘴角閃過了一絲笑意。

「畢竟愛麗絲很聰明嘛。這樣很好，因為人家是個不可靠的姊姊呀。」

那是克洛斯威爾早已忘記的姊姊的笑容。

而這一幕——

也成了克洛斯威爾最後一次看到她以「姊姊」的身分露出的微笑。

Memory.　「燈④　—逃離帝國的計畫—」

半年過去了。

星靈感染者這個詞彙從帝國消失了。

無論是電視節目、報紙還是大街小巷。

使用的只有「魔女」和「魔人」這兩個詞彙。對於被星靈寄宿之人來說，用繃帶藏住星紋，以及避免在人多的地方走動，幾乎已經成了他們生活的一部分。

而自己也不例外——

「你是克洛斯威爾・葛特・涅比利斯對吧？」

「……………」

他在路燈底下被人叫住。

現在是人煙稀少的晚上九點。他沒去開在大馬路上的超市，而是在巷弄中的老雜貨店採購物品，如今正踏上回家的路途。

帝國士兵像是在擋住克洛斯威爾的去路似的，站定在他的身前。

他們並非警備隊，而是帝國士兵。

面對魔女和魔人的暴力事件持續增加的現狀，帝國議會終於下達了出動帝國軍強行鎮壓的命令。

「被帝國（我等）軍逮捕的四名魔女在日前逃獄了。又是**大魔女涅比利斯**的破壞行動。」

「……我什麼都不知道。」

「艾芙是你的乾姊姊，她一直到半年前都和你住在一起。」

「那是半年前的事了。我那位乾姊現在人在哪裡、又在做些什麼事，連我和愛麗絲乾姊都不曉得。四天前也有軍隊上門搜索我家，最後仍是一無所獲。」

「…………」

兩名帝國士兵沉默不語。

克洛斯威爾對他們輕輕點頭後，隨即穿過了兩人的身旁向前走去。

他已經習慣了。這只是把站在街角問話的人物從警備隊換成帝國軍而已。而自己該做的，就是盡可能冷靜地回答所有的質問。

一旦情緒失控，就會被對方以此為由強行逮捕——這就是帝國現在的作法。

……所以大家都在忍耐著。這樣的日子快結束了。

……距離逃離帝國還有四天。

Memory.　「燈④　—逃離帝國的計畫—」

他握緊拳頭，沿著昏暗的大馬路走回住處。

「我回來了。」

「克洛，歡迎你回來！」

在家裡等著他的是乾姊姊愛麗絲蘿茲。

由於正在準備晚餐的關係，她身上罩著一件圍裙。如絲綢般閃爍著光澤的金髮被她盤了起來，看起來既嬌憐又可愛。

——在這半年期間。

愛麗絲蘿茲年滿十六，看起來更為成熟，也更為美麗了。

不只是外表而已，她那極為穩重且厭惡爭鬥的氣質也更為出眾。如此與帝國軍掛在嘴邊的「魔女」蔑稱格格不入的少女，想必在帝國裡也找不到第二人了。

「艾芙姊剛剛也**回來了**。」

「咦？啊，真的耶……」

只見艾芙乾姊正躺臥在地板上。

要說自己為何沒在第一時間發現，其理由便是她睡得太過安靜了。

她睡得很香甜。

在帝國高層制訂的通緝名單——魔女名冊（Witch List）中，艾芙被視為最危險的「大魔女」，但如今的她卻毫無防備地睡著覺。

「我剛剛也被帝國士兵叫住問話了。他們一直找不到艾芙乾姊，問我把她藏到哪裡去了。」

帝國軍肯定根本想像不到吧。

艾芙現在以亞空間為家。半年前的克洛斯威爾也曾進去過那個像是黑色帳篷般的空間，而艾芙雖然在亞空間之中藏身，但有時也會像這樣回家一趟。

……簡直像是祕密基地啊。

……乾姊以那邊作為根據地，四處營救被認定為魔女的人們。

已經有好幾百名魔女和魔人受到了艾芙的拯救。

而所有人目前都逃進了那處亞空間，制訂著逃離帝國的作戰。

「大家都很感謝艾芙姊的營救呢。而且一聽到艾芙姊也會協助逃離帝國，他們就變得安心許多呢。」

愛麗絲蘿茲伸出手，溫柔地撫摸姊姊那張發出微微鼾息的沉穩睡臉。

從外表來看，兩人的身分就像是對調了一般。

看起來就是姊姊正在疼愛著年幼的妹妹——雖說愛麗絲蘿茲原本看起來就更為成熟，但經過了這半年時光，兩人的外觀差距變得更大了。

……艾芙乾姊也太缺乏變化了吧。

……簡直像是她身上的時間停止流動似的。

儘管愛麗絲蘿茲在這半年期間出落得更加婷婷玉立，但艾芙卻是連一公釐都沒長高。

更進一步地說，她已經不再進食了。

『看過梅倫應該就知道了吧？她（艾芙）已經有一半是星靈了喔。』

距離逃離帝國計畫的執行日還有三天。

在睽違兩週的通話裡，詠梅倫根傳來的語氣像是在說：「你這半年明明都看著她（艾芙），怎麼一點感覺都沒有？」

『根據帝國軍方的資料庫，目前的魔女和魔人的總數為七千九百八十一人。這半年時間增長了十倍的理由，是因為「星之肚臍」如今也持續飄散出星靈的關係。由於洞穴還沒被封住，所以今後還會持續增加吧。』

「帝國明明知道原因，卻打算置之不理嗎？」

『問題在於執行層面啊。就算想封死星之肚臍，但前去施工的人類有可能因此變成魔女，所以不能魯莽地靠近呀。』

「……明白。」

『回到剛才的話題，從星星深處竄至地面的星靈就是有這麼多喔。而寄宿了這之中最強星靈的——』

「就是你和艾芙乾姊。」

『沒錯。像艾芙不再吃飯那般，梅倫連水都不用喝呢。』

星靈不存在壽命的限制。

這是詠梅倫根在和星靈融合之後「有感而發」的知識。

『也不曉得梅倫和艾芙到底能活多久呢。究竟能活過百年，又或者是千年呢？還是說再過幾年，我們就會不聲不響地突然消失呢？』

「……別講得一副置身事外的樣子。」

『這也不是與克洛無關的事啊。』

刺痛感。

彷彿從意識的死角射來的這句話語，宛如荊棘般刺進了他的胸口。

「……和我有關？」

『人類與星靈的融合率越高，其肉體會更偏向星靈，老化的速度也會變得更慢。然後你沒有發現嗎？你和星靈的融合狀況絕對稱不上低喔。』

「…………」

在無意識中。

克洛斯威爾觸碰起自己脖頸一帶的星紋。

『克洛對自己有關的事很遲鈍呢。哎，但是有梅倫和艾芙這種極端的案例在前，反應會比較遲鈍也是無可厚非的。』

克洛斯威爾從來沒想過。

自己的壽命會因為星靈而變得極長——又或許會因而縮短的可能性。

『不過，還有那件事對吧？』

和自己的沉默相反，詠梅倫根的語氣沒有絲毫變化。

『大後天就是生日派對（Birthday）沒錯吧？準備得如何啦？』

「隨時都不成問題。要改成明天也沒關係。」

所謂的生日派對是暗號。

用以代稱逃離帝國計畫，而這只有相關人士才知曉。

『最近來自克洛的聯絡變少了，梅倫好寂寞喔。』

「我原則上只能當被動的那一方吧。」

『……好難過喔。你要是參加大後天的生日派對，我們就再也見不到面了呢。』

「嗚！」

克洛斯威爾為之語塞。

詠梅倫根雖然試著裝出平時快活的口吻，但克洛斯威爾卻聽得出他是真心感到沮喪。

——詠梅倫根不會參與逃離帝國計畫。

這是他身為皇太子的決定。

逃離帝國計畫將在三天後執行，屆時，幾乎所有的星靈感染者都會逃離帝國。

然而——

只有受影響最嚴重的詠梅倫根仍會待在帝國。

「星靈感染者今後也會持續誕生，而且遍布全世界喔。」

「要是連梅倫都逃離帝國的話，還有誰能阻止帝國境內的迫害？」

帝國需要能從內部進行改革之人。

而此人必須對魔女有著正確的第一印象。符合這項條件的，只有身為皇太子的自己——這是詠梅倫根做出的判斷。

「……我雖然很想問你要不要一起來，但你也不是那種會等著別人邀約的個性啊。」

『見不到克洛會讓梅倫很寂寞就是了。』

啊哈哈——他發出了笑聲。

但卻是克洛斯威爾迄今聽過最有氣無力的笑聲。

『梅倫很快就會代替昏迷不醒的父親即位天帝。雖然是這副模樣，但只要當上天帝，梅倫就能立即執掌大權呢。』

「……你不要緊嗎？」

『若是有必要現身的話，梅倫會準備好替身的。』

「你之前也提過八大長老有問題吧？你和他們的嫌隙該怎麼辦？」

『嫌隙當然還是存在呀。不過他們的事無所謂。一旦梅倫當上天帝，就能隨心所欲地改變帝國了。』

「……這樣啊。」

逃到帝國的外面。

星靈感染者應該暫時能夠逃離飽受迫害的生活吧。然而，在帝國全土對魔女根深柢固的恐懼和憎恨，仍會持續留在這片土地上。

……要說的話，他是在幫我們收拾爛攤子吧。

……我們把這般重責大任全推給了詠梅倫根一個人處理。

這樣做真的正確嗎？

克洛斯威爾在這半年期間一直在思考——不對，他只是用思考作為逃避的藉口，將結論一直拖延至今而已。

『克洛，可以和梅倫做一個約定嗎？』

「什麼約定？」

『在梅倫當上天帝之後，如果……帝國變得不再歧視魔女的話，到時候，你一定要再來帝國玩喔。』

「——」

『你如果答應的話……梅倫感覺能多一些幹勁。』

「想找我的時候，我隨傳隨到。」

他沒有一絲猶豫。

和決定以天帝的身分獨留帝國的決心相比，這個願望實在是太過拘謹、也太過容易實現了。

「我一定會回帝國的。無論過程要花上幾年，還是幾十年。」

『………嗯。』

詠梅倫根的回應帶了微微的惆悵之情。

『再見囉，克洛。離開帝國之後也要好好的喔。』

「你也是啊。」

這裡是曾被稱為帝國議會會場的大樓。

在大魔女涅比利斯的大肆破壞下，大樓已經呈現半毀狀態，建築物隨時都有倒塌的可能。

而在瓦礫遍布的地下室之中——

『逃亡的戲碼——』

『還是以犯人遭到逮捕的收尾（結局）最為動人。』

八台螢幕發出了詭譎的光芒。

上頭映出了八名性別和年紀各不相同的人物。

『魔女和魔人策劃的逃離帝國計畫。這不是一樁大規模的逃亡，而是**利用逃跑引發的混亂向帝都掀起的大型造反活動**。而根據我等的猜測，他們的目標乃是天帝陛下和皇太子的性命。』

『懂了嗎，德雷克小弟？』

『把臉抬起來吧，德雷克・英・恩派亞。』

「…………」

聚光燈從頭頂上方直射而下。

在映出八名人影的大型螢幕正下方，一名青年正沉默地咬緊嘴唇。他像是被傳喚到法庭上的證人，臉上顯露出極為緊張的神情。

『你是個犯下重罪之人。』

『畢竟你會遵循大魔女涅比利斯的計畫，在三天後執行縱火行動，讓帝都陷入祝融之災啊。』

「……不對！我們明明只是想離開這個國家——」

『你只要這麼作證就行了。』

「唔！」

青年瞪大了雙眼。

他被帶到八大長老——作為天帝參謀的八名賢者面前，原本對於自己會被審問何種內容抱持著疑問。

『這是一樁交易。你本應鋃鐺入獄，但我等可以保證你在帝國裡安居樂業，你的家人也不例外。而你只需為一件事作證就行了。』

『大魔女涅比利斯的真正目的，是拿下帝國並取而代之。』

『她的力量如此強大，要讓帝都陷入火海想必也是輕而易舉吧？』

「……原來你們提出的交換條件，並不是要我坦白逃亡計畫的內幕嗎……」

他太天真了。

這群首腦所冀求的並非自白，而是更為殘忍的騙局。

「……你們要我做出這般證言，究竟有何目的……」

八大長老沒有回答。

你沒有知曉的必要——如此漫長的寧靜，成了給予德雷克的回答。

『想想啊，德雷克小弟，你離開帝國之後又要何去何從？』

『魔女和魔人被全世界所畏懼，就算離開了帝國，也沒有任何國家會歡迎你們。你們只能在飢寒交迫之中，一輩子在邊陲之地掙扎求活。』

「……唔……這……」

這是針對他內心弱點的甜言蜜語。

明知如此，八大長老的話語卻顯得無比真實。

『**這都是大魔女涅比利斯的錯**，和你無關。』

『繆夏一事也是如此。我等原本是打算收留她的，奈何那個大魔女卻襲擊議會會場，讓數十名無辜之人因此負傷。』

『你在帝國之所以沒有容身之處，都是大魔女一個人惹出的禍。』

『你沒有同情大魔女的理由，還是和她分道揚鑣吧。』

匡噹——地面的磁磚向兩旁分開。

從地板下方緩緩升起的，是一架攜帶型的錄音機。

『帝國就是你的故鄉。』

『你在帝國之所以沒有容身之處，都是大魔女的錯。你很恨她吧？』

「…………唔！」

那是惡魔的誘人呢喃。

即便腦袋想得清楚，自己的手仍然伸了出去，抓住了眼前的錄音機。

『那麼，德雷克，就說給我們聽吧。』

『講述讓你在帝國無處可去的罪魁禍首——針對大魔女涅比利斯的復仇證（之聲）言吧。』

Memory.　「燈⑤　—撕裂世界之人—」

1

生日派對當天。

在數千名魔女、魔人即將離開帝國的這天黎明。

『————』

皇太子詠梅倫根躺在自己房間的床上，徹夜未眠地眺望著遠方的朝陽。

『……克洛。』

詠梅倫根握住了放在床舖角落的通訊機。

好想打電話過去。好想隨便找個話題和他聊聊。好想聽他的聲音。

但不能這麼做。

因為他正在和眾多同伴一起行動，準備搭上第一班火車。

從帝都搭火車前往國境。

只要抵達國境並出示身分，要離開帝國是輕而易舉。即便被星靈寄宿、被冠上了魔女或魔人的稱謂，他們依然有這樣的權利。

『……法律沒有禁止星靈感染者出國。只要他們別和國境的帝國士兵起衝突的話就沒事了。克洛，真希望你能順利離開呢。』

他感到極為難受。

為什麼自己偏偏在這個時間點維持清醒呢？若是像幾天前失去意識那樣，在此時此刻昏厥過去那該有多好。

想著克洛並承受著內心糾葛的這幾個小時，讓他感受到難以言喻的苦澀之情。

『……唉……這真不像是梅倫的作風。明明身為皇太子，卻將這麼多的心思投注在一介庶民的身上。』

他將通訊機朝著床鋪的角落扔去。

握在手上也只是徒增重量而已。

就算睡不著，也還是勉強自己閉上眼睛吧。在他將整張臉埋進枕頭的時候——

『……？』

脫離人類範疇的詠梅倫根的聽覺，在這時察覺了異常的聲響。

那是好幾個人的跑步聲——但那聽起來並不急促，反而像是壓低腳步聲的消音步法。來者的氣息逐漸接近，最後在自己的房門口停下。

「皇太子殿下。」

聲音是從陌生的男子口中發出的。

「屬下來做今日的問診了。能煩請您開門嗎？」

他閃過了不祥的預感。

感覺連身上的銀色獸毛都要倒豎起來似的——他首次感受到如此冰冷的惡寒。所以他這麼回答了：

『梅倫不要。』

「這是為何？」

『梅倫今天的身體不好，沒辦法從床上起身，所以等明天再來問診吧。』

「這樣更有問診的必要了，還請您開門。」

『**你們是什麼人**？』

用的不是「你」，而是「你們」。

詠梅倫根在暗示對方，自己已經知道有一夥人在房門前屏息待命。

『再說一次，梅倫的狀況很差。你們應該也知道梅倫在變成這樣之後，身體狀況時好時壞。

如果你們說什麼都想進——唔！』

房門被炸開了。

厚實沉重的機械門，被來自走廊的爆風給炸得扭曲變形。

『……是炸彈嗎！』

為什麼——他沒有多餘的時間去思考這個問題，連忙從床上躍起身子。

煙霧瀰漫之中衝出了好幾道人影。

他們手持槍械、頭戴護目鏡，是一批遮住臉孔的武裝分子。既不是帝國軍的士兵，也不是警備隊員——那他們究竟是什麼人？

『你們是誰派來的刺客！』

「————」

十名武裝分子同時舉槍。

連熊都能擊斃的大型手槍，在無從逃脫的極近距離對準了詠梅倫根。

「永別了。」

在皇太子的房間裡。

不屬於人類的鮮豔紫色血液，化為飛沫四處噴濺。

2

上午五點。

太陽泛著朦朧的光芒，從地平線彼端的大樓縫隙之間升起。就在大多數居民仍在就寢的這個時間——

伴隨著赤紅烈焰的巨大爆炸，震撼了寧靜的帝都。

柏油路面被炸成了粉末。

玻璃窗也被震碎得不成原形的眾多大樓，則是承受不住如此強大的衝擊，宛如骨牌般接連坍塌。

「呀啊！」

「唔！……那場大爆炸是怎麼回事……」

由於聲響過於劇烈，乾姊姊愛麗絲蘿茲尖叫了一聲。

而身旁的克洛斯威爾也因為背後的異狀轉過身子。

「是發生火災了嗎？」

裊裊上升的濃密黑煙，以及將天空染成一片紅色的大量火花。

這裡是十一號街的轉運站。接近千人的「第一部隊」，正準備搭上開往國界的首班火車，就看見了遠處的大規模爆炸。

「……那是天守府所在的方向吧？」

那是皇太子詠梅倫根的住處。然而，天守府不可能出現那麼大規模的爆炸，畢竟那可是帝國最為重要的地方啊。

「克洛，讓開。」

「咦？」

那是同一時間發生的事。

無聲仰望著天空的乾姊姊艾芙，高高舉起了雙手。

——向星之表層發出呼喚。

——大氣的守護啊。

也不知是風還是空氣。

幾乎無法目視的無形盾牌，廣泛地包覆了聚集在轉運站的眾人。而就在克洛斯威爾感受到此事的下一瞬間——

停在轉運站的首班火車被烈焰吞噬了。

爆風宛如雪崩般狂襲而至。

強烈的衝擊波甚至能將水泥牆打出無數大洞，而這道衝擊波向著全方位擴散而去。在足以烤焦鋼鐵的熱浪即將吞噬眾人之際，大氣之盾將其抵禦了下來。

「……火車上被裝了炸彈嗎！」

千鈞一髮。要是艾芙沒有出手保護，靠近首班火車的人們肯定會被爆風炸得粉身碎骨吧。

……時機和地點都太過湊巧了。

……這批炸彈根本是專門用來消滅我們這些準備上車的乘客吧！

不曉得這是出自誰的惡意。

但能夠確定的是，這起逃離帝都的計畫已經外洩了。而且對方還對星靈感染者懷有惡意。

「這、這是怎麼回事呀？」

繆夏一臉蒼白地開口：

「剛……剛剛的炸彈是用來炸死咱們的對吧！為什麼要這麼做？」

他們只是想離開帝國而已。

他們不打算給帝國的任何人添麻煩。然而，為何有人想從中作梗？

『第一級緊急狀況。』

『帝國一號街至十一號街的所有區域，已經發布了避難命令。』

警報大作。

不只轉運站周遭，連大馬路的各處都傳來了警報聲。

『包含天守府在內，有十二處地點同時發生爆炸。火勢仍在延燒，請立即避難。』

『犯下罪行之人，極有可能是大魔女涅比利斯率領的黨羽。』

……咦？

克洛斯威爾懷疑起自己的耳朵。

明明聽得懂這些資訊，但理性卻拒絕將之接收。

……大魔女涅比利斯？那指的是艾芙乾姊嗎？

……乾姊她可是一直都在我身邊啊！

這完全是一場誤會，或者有人刻意抹黑。

別說犯下爆炸案了，在轉運站的首班火車被炸彈引爆之際，她甚至救了好幾百人的性命，堪稱是這起事件的英雄。

「這、這是怎麼……艾芙姊？」

妹妹凝視著姊姊。

在場的同伴們將視線集中在褐膚少女身上，而她則是無聲地仰望天空。

「————原來如此。」

那是讓人感到惡寒的低沉嗓音。

「就這麼想把我塑造成可憎的魔女嗎？」

爆炸聲接連不斷地響起。

熊熊燃燒的火焰和噴竄的火花，將帝都的天空在短時間內塗成了深紅之色。

……帝都燃起了熊熊大火。

……但那不是我們做的。難道有人想把我們塑造成壞人嗎！

逃離帝國的計畫洩漏出去了。

在這個節骨眼上，他們已經全盤皆輸了。為了從帝都逃離的大規模避難，還被人改寫成了摧毀帝都的大規模造反活動。

『已在十一號街的轉運站發現大魔女涅比利斯。』
『請鄰近的居民不要外出。其他居民請儘速前往地下避難所。』

「開什麼玩笑啊！」
這麼吶喊的，是一名揹著雙肩背包的中年男子。即便全家人都成了星靈感染者，他還是下定了決心，要帶領著所有的家人逃離帝國。
「我們什麼都沒做！就連這場爆炸——」
子彈呼嘯而至。
槍聲接連響起，像是試圖掩蓋他悲憤的傾訴似的。
『投降吧。』
裝甲車的車影，從像舔舐著眾多大樓的熊熊烈火深處現形。
步兵部隊排成了大規模的縱隊，架起了手中的槍枝。
而更後方則傳來了巨型戰車的行駛聲。
『警告大魔女涅比利斯的黨羽。』
『我等將你們以向天守府發起襲擊、縱火以及破壞帝都的嫌疑逮捕。你們無處可逃。』
『投降吧。』

投降之後會有什麼下場？

由於堅決不做反抗，已經有好幾百名同伴被送進了大牢。在這半年間，他已經切身體會到投降是多麼無意義的行為。

那麼該怎麼辦？

——**只能逃跑了**。

所有人都很有默契地明白了這一點。

既然火車被破壞了，他們只能用自己的雙腳逃跑。首先得逃離帝都——畢竟猛烈的火勢已經延燒到了他們的面前。

「快逃啊——！」

「散開！我們要逃出帝都！所有人都以國境為目標！」

數十人同時大喊道。

在燃燒起來的轉運站前方，超過一千人的同伴們作鳥獸散，朝著四面八方疾奔而去。

「克洛！」

「愛麗絲乾姊，往這裡走！我們也得趕快跑！」

他和愛麗絲蘿茲一同跑了起來。

……對帝都縱火的凶手到底是誰！

……還有天守府的事。要是詠梅倫根有什麼萬一……

然而，眼下還是得先顧好自己。

若不能逃出生天的話，他們立即會被逮捕入獄。

「克洛！前面！」

「……被包圍了！」

愛麗絲蘿茲指著的是大馬路的前方。

只見持槍的帝國士兵接連從側邊小路衝了出來。而他們後方則是跟著火力強大的裝甲車和戰車。

被前後包夾了。

『不准動。』

裝甲車發出了警告：

『十一號街的轉運站已經完成了包圍。我等將以炸毀天守府和於帝都二十七處縱火的嫌疑逮捕你們。』

「……開什麼玩笑！我們什麼事都沒做！」

他張開雙手大喊。

然而，克洛斯威爾也很清楚對方不會把自己的主張聽進去。

畢竟這看在帝國士兵眼裡可是現行犯。超過千人的星靈感染者聚集在轉運站前的光景，明顯是異常的狀況。

他們認為這是對帝都縱火的魔女們發起的造反集會。

『這是最終警告。不准動。』

『若是敢反抗或是逃跑，我等將會開槍。』

而對於這陣警告的回應——

「愛麗絲、克洛，快趴下。」

竄起了一道火柱。

並非在帝都各處延燒的紅蓮之火，這道用來阻擋逼近的裝甲車和戰車的火牆，是一團鮮豔的紫羅蘭色火焰。

『————唔！』

面對頭一次看到的火焰，裝甲車接連緊急煞車。

「帝國士兵（這些傢伙）由我處理。他們的首要目標應該是我吧。」

施放了紫羅蘭之火的艾芙，重重地踏出了一步。

「你們快點逃出帝都吧。」

「……姊姊！不行，我不能讓妳一個人隻身犯險。我們要一起走！」

「愛麗絲。」

褐膚少女回頭看來。

她的背上浮現出比任何人都還要來得巨大的星紋。

「人家可是姊姊啊，妳別擔心了。」

「嗚！」

「好了，快走。克洛，要保護好愛麗絲啊。」

克洛斯威爾被推了一把。

他並不是被話語——而是被艾芙拚了命扮演出來的「姊姊風範」給打動了。

「愛麗絲乾姊，我們快跑！」

他不容分說地抓住了乾姊姊的手衝了出去。

天空的顏色被渲染得深紅——

為了從陷入火海的帝都中逃脫，克洛斯威爾選擇了大馬路旁的小巷作為移動路徑。星羅棋布的無數小路在帝都中四通八達，是只有當地人才知曉的蹊徑。

「克洛，其他的大家……」

「他們應該都各自選了不同的道路逃命。無論如何，要是再不跑的話，我們就會被火災波及！」

將帝都染為深紅色的烈火持續增長著。

火勢從大樓延燒到另一棟大樓，更進一步延燒到附近的民宅。路上也看得見只穿著少許衣物就匆忙逃出家門的民眾。

……不只是星靈感染者。

……這是住在帝都的所有人都得立即逃亡的大規模火災。

他們背對著火焰拔腿狂奔。

「愛麗絲乾姊，我們現在只要想著該往哪裡跑就好了。要是在這裡被逮住的話，我們可就真的沒臉去見艾芙乾姊——什麼！」

在狹窄的道路中前行的雙腿，驀地停住了。

眼前是一堵牆壁。

而且還是由鐵板和木板等廢棄材料層層堆疊、宛如小山般的路障(Barricade)。

「……他們早就料到這一步了嗎！」

這就是帝國軍剛才宣告「完成包圍」的理由。

既然逃脫計畫的風聲走漏，帝國軍恐怕早在昨天或前天的時候，就將能溜出帝都的各種路徑堵得水洩不通了。

「克洛，後面！」

聽到從背後接近的軍靴腳步聲，讓愛麗絲蘿茲的臉色一僵。

無路可逃。

後有全副武裝的帝國士兵，前有被廢棄材料堆疊而成的路障。

……該怎麼辦？想靠蠻力擺平帝國士兵肯定是不可能的。

……要爬上路障嗎？不，我們爬到一半就會被他們追上並開槍了。

現實是殘酷的。

明明艾芙正在隻身拖住敵方大軍，自己卻連帶著重要的家人逃出生天都辦不到。

去路被小山高的路障堵住。

……等等。

……這種去路被堵住的狀況，我不是已經體驗過一次了嗎？

那是在潛入天守府的時候。

明明抵達了詠梅倫根的房間，機械門卻沒有敞開的跡象。當時的自己是怎麼做的？

「……愛麗絲乾姊，妳待在我背後。」

「克洛？」

「我要試著逞強一下。」

他面對著堆積如山的鐵板和鐵管，靜靜地觸碰脖子上的星紋。在撬開皇太子的房門時，他曾經使出超乎常人的強大力量——

他首次許了願。

一直對寄宿在身上的星靈視而不見的克洛斯威爾，首次許下了願望。

……把力量借給我吧。要談條件也行。

……如果願意賜予我跨越這道難關的力量，我願意一輩子接受星靈(你)的存在！

星紋的光芒變得更為耀眼。

像是在回應自己的決心似的。

「給我讓開————！」

他使出渾身的力量，朝著路障奮不顧身地撞了上去。

眼前的小山被撞飛了。

層層堆疊、總重約有數百公斤的大量廢鐵在被克洛斯威爾的衝撞觸及的瞬間，便化為無數瓦礫噴飛出去。

像是被火車撞上了似的。

圍住路障的鐵網斷裂開來，隨著廢棄建材飛上半空。

「……咦？這、這是克洛做的嗎……？」

「…………呼……啊……單純強化蠻力的星靈還真是不怎麼帥氣啊。」

兩人跑在瓦礫四散的道路上。

克洛斯威爾擔心的，是分散各處的同伴們。他們應該都用上了各自的手段和規劃好的路線，正試圖逃離帝都才對。

……我們闖過了路障。

……那是因為我湊巧被適合處理這種狀況的星靈附身罷了。

大多數人沒有這般好運。

帝國高層所公布的魔女名冊之中，榜上有名的都只是被星靈附身之人，其中絕大多數無法施放星靈之力。

愛麗絲蘿茲也一樣。

正因為她與一般人別無二致，所以需要艾芙和自己的幫助。

這時──

「路障被破壞了。對方是一級警戒魔女，准許開槍。」

「有星靈能量的反應！他們在右邊！」

兩人聽見吵雜地發號施令聲和腳步聲從狹窄的巷弄後方不斷傳來。

「克洛，他們追上來了！」

「乾姊，我們跑！」

他握著愛麗絲蘿茲的手，在十字路口右轉。

然而，帝國士兵的氣息非但沒有遠去，還隨著他們的步伐逐漸接近。這樣的事實，讓冷汗滑過了克洛斯威爾的臉頰。

對方極為精確的追蹤著自己。

……我們可是在迷宮般的巷弄裡四處穿梭啊。

……為何帝國士兵卻像是掌握住我們的所在位置一樣？

星靈能量的反應。

這是從後方多次傳來、聽不習慣的詞彙。

「不會吧？」

他觸碰脖子上的星紋。

那是足以用恐懼兩字來形容的事實。星靈所產生的能量，難道已經能被帝國高層開發的裝置偵測到了？

「愛麗絲乾姊，不能走小巷了。和他們玩躲貓貓一點勝算也沒有！」

「咦？」

「帝國士兵手裡有類似熱像儀的裝置，能藉此感應星靈的能量。如果在小巷裡東躲西藏也會被找到的話，那還不如回到大馬路上強行突圍！」

要用最快且最短的路徑離開帝都。

克洛斯威爾領著愛麗絲蘿茲，跑到了大馬路上……然而，他在那一瞬間就察覺到自己的判斷錯了。

他看到了不該看見的光景（東西）。

那是被帝國軍押著走的魔女（同伴）們。

有的人身上中彈流血，有的人流淚哀嚎。

但掛彩的並非只有魔女。在倒地的魔女身旁，流血倒地的帝國士兵人數也不遑多讓。

——並不是單方面的毀滅。

——帝國軍和星靈感染者，不論哪邊都兩敗俱傷。

以艾芙為首的星靈感染者中，有不少人寄宿了強大的星靈。

眼前的光景想必是那些星靈的力量導致的吧。

柏油路面分崩離析，帝國的戰車被從中切成兩半，原為裝甲車的東西被巨大的力量扭曲變形，甚至看不出原本的樣貌。

沒有所謂的勝利者。

只有流血倒地的帝國士兵，以及倒在他們身旁的魔女們。

「…………這是怎麼回事？」

面對這過於慘烈的光景，克洛斯威爾只說得出這句話來。

為什麼事情會變成這樣？

——星靈感染者只想逃往外鄉平靜地生活。

——帝國軍則是必須鎮壓向帝都縱火的魔女和魔人。

雙方理應沒有善惡之分。

每個人都拚了命地為了活著而行動，每個人應該都沒有錯才對。

星靈感染者和帝國軍不分你我地受傷倒地。

而這批陣仗中——

也包含著被稱為大魔女的褐膚少女。

「艾芙姊！」

「唔！愛麗絲？」

艾芙遠遠地從大馬路的後方轉頭看過來。

她的臉龐被黑煙和火花燻過，如今布滿了煤灰。她的臉頰上有著被匕首劃過的傷痕，從額頭流下的鮮血遮住了她的一隻眼睛。

「艾芙姊，妳的傷勢……！」

愛麗絲蘿茲面無血色。

艾芙身上的傷勢想必是被槍彈所傷。雖然透過星靈之力抵禦了直接傷害，但終究無法悉數閃避，被擦過肌膚的子彈留下了不少傷勢。

其中也包含了被刀砍出的深層傷口。

「姊姊，別戰鬥了！快點逃走吧！」

「等我救完同伴再說！」

只能用遍體鱗傷四字來形容的姊姊，在看到妹妹後隨即吶喊著：

「妳也一樣，愛麗絲！別跑到大馬路（這裡）上，快點逃出帝都吧！」

「──────」

「愛麗絲？」

她氣勢洶洶地打斷姊姊的話聲。

雙胞胎妹妹甚至甩開了克洛斯威爾的手。她不僅沒有躲藏起來，甚至還朝著大馬路的正中央猛然跑去。

即使面對著舉起槍枝的帝國士兵，她仍攤開了雙手。

「大家都停手吧！」

少女的悲嘆迴盪在熊熊燃燒的帝都之中。

在艾芙和克洛斯威爾都來不及阻止的當下，愛麗絲蘿茲衝到了蹲在瓦礫旁邊動彈不得的一對母女身旁。

這對母女都是星靈感染者，只想逃到安全的地方。

而帝國士兵則是舉起槍枝瞄準著她們。

「愛麗絲乾姊！」

「愛麗絲，住手！」

「求求你們，我們什麼事都沒做。這場火災也與我們無關……！」

愛麗絲蘿茲紅著雙眼，向帝國士兵拚命地擠出話聲。

她袒護著被槍口指著的母女說道：

「我們只是想離開這個國家而已！求求你們，聽我說。這裡明明沒人期望著這樣的戰鬥，為

什——」

一道槍聲響起。

由於混雜在帝都各處發出的砲擊聲和火花爆炸的聲響之中，想必沒有任何人精確地聽見那一

聲槍響吧。

無論是艾芙還是克洛斯威爾都是如此。

在無人察覺那聲槍響，也無法理解發生什麼事的情況下——

肩膀噴出鮮血的愛麗絲蘿茲就這麼倒下了。

她甚至沒發出慘叫聲。

在縮著身子的母女面前，愛麗絲蘿茲雙膝一軟，無聲地倒臥在地。

「愛麗絲乾姊！」

克洛斯威爾忘我地蹬地衝去。

……她被開槍了。哪裡被擊中了？是肩膀嗎？是想瞄準胸口但射偏了嗎！

……只有一槍嗎？

腦袋逐漸變得一片空白。

他也沒察覺帝國士兵手中的槍枝接連瞄準著自己。在他正要抱起倒地的乾姊姊時，對方看準了時機扣下扳機——

天之杖啊，交於吾手
So aves cal pile

劈里。

半空迸出了空間裂縫。

而瞄準自己、乾姊姊（愛麗絲蘿茲）和身後母女的數十發子彈，就這麼被吸入了空間裂縫的另一端。

「……我明白了。」

聲音從頭上傳來。

帝都的天空像是突然被烏雲覆蓋似的變得昏暗，不祥的黑之瘴氣盤旋成渦，阻擋了陽光的照射。

而在漩渦的中心處。

褐膚的大魔女睜著死氣沉沉的雙眼，俯視著帝國軍。

「……這個世上沒有英雄，也沒有救世主。如果真有這類人物存在，那我的家人為何還要蒙受傷害……如果逃跑……只會落得渾身是傷的下場……」

黑色氣流匯聚了起來。

在艾芙的右手形成了形狀扭曲的一把黑杖。

「**那我就毀滅帝國吧**。」

魔女和魔杖。

手持黑杖的艾芙，看起來就像諸多童話裡提及的魔女。

「我將成為魔女，而帝國士兵（你們）則會成為魔女之敵。」

少女揮落手中的魔杖。

在克洛斯威爾目擊這一幕的瞬間，大氣迸出了悲鳴。

——空間被破壞了。

被強風吹拂的大樓，像是沙子堆成的城堡似的灰飛煙滅。

柏油路面也化為沙子般的微小顆粒，自地表剝離殆盡。裝甲車和戰車則宛如落葉般旋轉著飛上高空，隨即被轟向了遙遠的彼端。

這陣破壞不帶一點聲響。

回過神來——

曾經的帝都街景已變成了瓦礫遍布的一片荒野。

「囉唆。」

她再次用魔杖揮過虛空。

遠勝於導彈爆炸的衝擊波驀地轟出，將趕來的援軍——五輛戰車一同掃向了地平線。

大馬路登時陷入一片死寂。

「————」

艾芙從空中俯視著地面。

在她的眼裡，帝國士兵就像無力的螻蟻，只能奄奄一息地倒臥在地吧。

——立場顛倒過來了。

由於大魔女涅比利斯澈底覺醒的關係。

帝國軍已經不再是狩獵的一方，而是遭到魔女獵捕的獵物。

「一開始就該這麼做才對。」

艾芙雙眼空洞，靜靜地低喃著：

「傷害我妹妹的帝國，最好消失在這個世界上。」

她舉起了魔杖。

她瞄準的對象，是躲在化為荒野的大樓陰影處，目擊了整件事情的帝國軍殘兵。

「撤、撤退！動作快！」

幾十名帝國士兵甚至扔了槍倉皇逃命。

而艾芙則是對準了他們所在的地面，第三度舉起了魔杖。

「你們以為逃得掉嗎？」

「……姊姊……別、這樣……」

在克洛斯威爾的懷中。

妹妹用手按著被染成赤紅的肩膀。她的音量雖然細若蚊鳴，克洛斯威爾卻聽得很清楚。

「不要再……戰鬥了……我沒事的。不要再打了，我不想看到姊姊、還有任何人……受傷、呀……」

但這句話傳不進姊姊的耳裡。

大樓坍塌的巨響傳來。旺盛燃燒的烈火感覺隨時會引發爆炸。在這些聲響中，愛麗絲蘿茲那微弱的嗓音自然是傳不進姊姊的耳裡。

「……姊……姊……」

「艾芙乾姊，已經夠了！停手吧！」

所以自己代替她發出了吶喊。

面對艾芙的無情施暴，帝國軍想必感受到了冷徹心扉的恐懼吧。

魔女們在帝都縱火——某人刻意散播的杜撰劇本，如今，化為了真實。

……與艾芙乾姊的戰鬥，帝國軍被逼入了近乎覆滅的局面。

……大樓倒塌，地面也破損得亂七八糟。

這已經不能用誤會兩字來蒙混過去了。

看著遭到破壞的光景，還有人說得出「魔女並不可怕」嗎？烙印在帝都居民內心的，只會是

「魔女乃是窮凶極惡的怪物」這樣的評價。

「夠了，乾姊！火勢快延燒過來了，我們得快逃出去！」

「————」

連自己的話語似乎也傳達不過去了。

多麼諷刺。由於家人受傷而激動不已的大魔女艾芙，此時卻已經憤怒到快失去自我，連家人的話語都聽不進去了。

「消失吧，帝國。」

魔女將魔杖高高舉起。

她對著逃跑的帝國士兵們，準備擲下天之杖。在這剎那，一道嬌小的人影從大樓陰影處竄了出來。

『請留手。』

那是用寬大的雨衣罩住身子的嬌小之人。

由於帽簷遮住眼睛的關係，看不清他的容貌，但在場的眾人之中，只有克洛斯威爾不禁倒抽了一口氣。

那是除了家人之外，他最為耳熟的「談話對象」的聲音。

「詠梅倫根？」

『嗨，克洛，看來我們的計畫都不怎麼順利呢。』

來者摘下雨衣的帽子。

在展露面容之後，愛麗絲蘿茲和身後的母女登時發出了尖叫。

——有著非人樣貌的獸人。

他的頭頂長出了大大的耳朵，仔細端詳他的模樣，也能看到宛如狐尾的巨大尾巴從雨衣底下探出。

『艾芙，妳看起來倒是不怎麼驚訝啊。哎，就與怪物共融的層級來說，**我們算是半斤八兩呢。**』

「————」

大魔女從空中俯視著獸人。

這是寄宿了這個世界最為強大之星靈的兩人首次相見的瞬間。

『哦，用艾芙來稱呼妳或許有裝熟之嫌。因為克洛都這麼叫妳，梅倫也就跟著叫了，但應該要以涅比利斯來稱呼妳才是。』

「……你……」

『雖然是這副模樣，但梅倫依然是皇太子喔。我們在星之肚臍見過面吧？雖然梅倫當時對妳的容貌沒有印象，但梅倫常常從克洛那裡聽說很多和妳有關的事。』

獸人仰望天空。

他看的並不是艾芙，而是染紅了天空的無數火花。

『帝都很快就會被這把大火燒毀。』

「那又如何。」

『放這把火的不是妳吧？』

「那又如何。」

大魔女的回答之冷漠，簡直可以用無情形容。

現在包覆著帝都的大火，想必是某人策劃的吧。然而，艾芙自己也不打算打消將這座都市摧毀的念頭。

他們傷害了星靈感染者（同伴），傷害了妹妹。

那確實是名為「帝國」的國家所做出的好事。

『梅倫有話想和妳說。』

詠梅倫根仰望著大魔女。

『梅倫會放你們走，也會下達指示撤離國境的警備隊，讓你們能順利出境。所以可以請妳手下留情，別對帝都造成進一步的傷害嗎？』

「……你說什麼？」

『如妳所見，帝都已經成了一片火海。』

被染成紅蓮之色的天空下方，是被燒成了黑色的諸多大樓。

這已經不是讓帝國士兵和星靈感染者交戰的時候了。這是一場前所未見的大規模火災，若不立即撲滅火勢，恐怕會留下最糟糕的結果。

『已經有好幾萬的民眾流離失所了，梅倫不忍心看到他們受到更嚴重的損失。』

「你還真敢說這種話！」

魔女的咆哮響徹了天空。

「帝國的民眾是什麼東西？他們是把我們視如草芥的加害者，是受到帝國軍唆使，迫害了我們的凶手啊！」

「沒錯。沒能阻止這一切發生，是梅倫的責任……如妳所見。」

雨衣飛上了半空。

以燃燒旺盛的火焰作為背景，銀色獸人的身體展露了出來。

那是留有眾多彈孔，毛皮被血液染成紫色的身軀——

若是一般人的話，想必是當場斃命吧。

正因為擁有非人的肉體，才得以倖存下來。然而，克洛斯威爾感到在意的，是詠梅倫根身上的彈孔。

……能夠持有槍枝的，只有警備隊和帝國士兵而已。

……他難道是遭到槍擊了嗎！

那是皇太子被人盯上的證據。

『涅比利斯，如妳所見，帝國存在著唯恐天下不亂之人。』

面向空中的魔女——

詠梅倫根展露出自己渾身是血的身體。

『對於星靈感染者的中傷誹謗，也是出於那些人之手。他們騙過了帝國軍和帝國議會，只可惜梅倫沒有確實的證據。』

「————」

『況且，涅比利斯，妳也察覺到了吧？寄宿在妳身上的星靈應該也正在告訴妳——在這裡爭鬥並沒有意義。』

「為何？」

『因為真正的災難還留在星之中樞。』

現場驀地安靜下來。

克洛斯威爾和愛麗絲蘿茲也不例外。

兩人對「真正的災難」一詞感到一頭霧水。

……詠梅倫根在說什麼啊？

……他從來沒和我提過這方面的話題啊！

『抱歉啦，克洛。梅倫原本想待時局更穩定時再告訴你的。』

詠梅倫根依然背對著這裡。

『不過，涅比利斯，應該只有妳察覺到吧？梅倫並沒有說謊，因為竄上地面的星靈，**都是從星之中樞逃往地表的。**』

「────」

『妳的力量是有必要的。妳的敵人並非帝國。』

「你想說的只有這些嗎！」

宛如魔女的咒文般。

少女從天而降的嗓音，蘊含著克洛斯威爾無從估計的憤怒和憎恨。

「帝國的人民是被人煽動的？這能構成他們減罪的理由嗎！我痛恨著傷害我妹妹的帝國士

兵，以及對我的同伴們肆意地吐口水和謾罵的帝國人民！詠梅倫根，你嘴上說的災難根本一點也不重要！」

『所以妳要毀滅帝國？』

「我要毀了帝國！為了保護我的家人和同伴！」

『…………真可惜啊，涅比利斯。妳果然連內心都變成了魔女。』

那是野獸般的目光。

擁有非人之姿的他，淺淺地露出了嘴角裡的尖牙。

『那麼，梅倫也得為了守護自己的國家而阻止妳呢。』

「想阻止我？」

『若是以同歸於盡作為條件的話，梅倫的力量並非辦不到呢。』

強風呼嘯而過。

明明吞噬帝都的火勢還在持續增強，吹過獸人和魔女之間的這道強風，卻蘊含著連汗水都會結凍的冷冽寒意。

要開打了。

不對，這一戰已經無法避免。

與這世界最強星靈融合的兩人，已經展開一場你死我活的廝殺。

……等等，這可不是開玩笑的。

……艾芙乾姊和詠梅倫根，真的只有這個辦法了嗎！

就算打起來又能解決什麼事！

仔細想想，兩人描繪的未來藍圖明明是一樣的。

逃離帝國計畫就是最好的例子。

最先提出這個意見的就是詠梅倫根，他在做好獨自留在帝國的決心後，規勸自己也參與這項計畫。

而艾芙也在承受著大魔女的蔑稱之餘，策劃起逃離帝國計畫的各項環節。

……這兩人可是為星靈感染者付出最多的啊！

……為什麼非要打起來不可！

沒有其他的選擇了嗎？

一邊是自己最愛的家人，一邊是自己最聊得來的朋友。對自己來說，他不能失去任何一方。

那麼要怎麼做才能阻止呢？

……只是說些「住手」或是「冷靜點」的話並沒有意義。

……要阻止這兩個人，需要與之對應的動機。

該怎麼阻止他們？

現場能夠讓兩人不戰而退的選擇是——

「等一下！」

在火勢進逼的同時，克洛斯威爾用全力呼出了一口氣。

「艾芙乾姊和詠梅倫根，你們都等等！」

然而——

獸人和魔女都沒有乖乖點頭。

『抱歉呢，克洛，梅倫這次沒辦法退讓。』

「走開，克洛。你快點和愛麗絲離開帝都吧。」

「————」

無聲地繼續前行。克洛斯威爾的腳步在詠梅倫根的眼前停下，然後首次轉身看向頭頂上方的艾芙，攤開了雙臂。

看起來像是在袒護詠梅倫根似的。

「克洛！」

頭頂上方的艾芙睜大了雙眼。

「你在做什麼？讓開，克洛，我得解決掉你身後的傢伙！」

「……我已經想過了。」

他對著頭頂上方的艾芙。

後方的愛麗絲蘿茲。

以及在自己身後一臉錯愕的詠梅倫根說道：

「我要留在帝國。」

「唔？克洛！」

艾芙的表情僵住了。

她肯定以為這個弟弟在胡說八道吧。然而在這分秒必爭的戰場上，自己只能得出這個結論。

「……克洛……那是什麼意思？」

「對不起，愛麗絲乾姊，我是個在最重要的時刻卻靠不住的弟弟。」

面對愛麗絲蘿茲虛弱的眼神，他別開了目光。

要看著一臉愕然的她實在太難受了。而自己也是歷經痛苦和迷惘之後，在無可奈何之下做出了這個萬不得已的選擇。

「但是也只能這麼做了……這是我此時能想到的最好的辦法。」

他將目光從妹妹身上挪開，看向頭頂上方的姊姊。

「艾芙乾姊，請立刻帶著同伴和愛麗絲乾姊去避難。在離開帝國國境之後，能保護大家的只有乾姊妳了。」

「克洛，你……？」

「我要幫這小子的忙。」

他只將臉龐轉了過去——

看著一臉茫然地注視著自己的銀髮獸人。

「帝國裡不會有人把乾姊動手的理由聽進去。能從帝國內部改變風氣的只有這小子，但這小子如今這副模樣，就算當上了天帝，也沒辦法在他人面前露臉。得有人在旁協助他才行。」

『……克洛……』

詠梅倫根的嗓音混雜著抽咽聲。

在變成非人外貌的皇太子打算開口之際——

Ris sia sohia, Ahz cia r-teo, So Ez xiss clar lef mihas xel.（聆聽我即將解放的星辰終焉之歌吧。）

聲音來自眾人腳下的地底深處——星之中樞。

不尋常的極強大語言（聲音）之力撼動了星星。與此同時，克洛斯威爾感受到了近似頭暈的不適感和一股寒意。

那是有一瞬間險些失去意識的排斥反應。

……冰冷的感覺揮之不去。

……剛剛的聲音是怎麼回事？我到底聽到了什麼聲音！

那不是人類的聲音。

在接觸到從地底深處轟然響起的語言之力的瞬間，自己就像是被鬼壓床般動彈不得。而有這種反應的不只自己——

『…………討厭，別過來！』

「詠梅倫根？」

銀色獸人當場蹲踞在地。

他猛喘著氣，額頭上浮現出大顆的汗珠。

『……怎麼樣啊……涅比利斯，明白了吧……妳感受到那玩意兒的語言之力了吧？明知如此，妳還是認為帝國才是頭號死敵嗎？』

「——嗚。」

褐膚少女降落在地。

她在地面屈膝蹲下，和詠梅倫根一樣無法站起身子，只能猛喘氣。

……不只是我而已。

……連乾姊和詠梅倫根也是這個反應。

每個人受到的影響各有不同——像愛麗絲蘿茲和她身後的母女，只是以一副搞不清楚狀況的樣子慌張地四下張望而已。

「……詠梅倫根，你閉嘴。」

艾芙咬緊了牙關。

她勉強打直了顫抖的膝蓋，搖搖晃晃地朝著妹妹的方向走去。

「看在克洛的面子上，我就放你一馬……但我對帝國的仇恨一點也沒減少。改變帝國？你辦得到的話就儘管試試吧……」

姊姊碰觸了妹妹的背部。

「走吧，愛麗絲。妳肩上的出血狀況很嚴重，得優先處理才行。」

「……等、等一下，艾芙姊！克洛他……！」

「——————」

姊姊沒有回答。

最該回應這句話的人是——

「愛麗絲乾姊。」

他這次沒有別開目光。

面對最心愛的家人，克洛露出燦爛的微笑作為回應。

「謝謝妳。雖然只在帝都住了半年時間，還得以這種形式告別，但託了艾芙乾姊和愛麗絲乾姊的福，我這段時間過得很開心喔。」

「……嗚！」

「愛麗絲乾姊，請留意肩膀的傷勢。一旦到了安全的地方，請妳一定要立即處理。」

「……克洛！」

「請一定要保重。」

不需要擔心我。

克洛斯威爾勉強打直隨時都會發顫的膝蓋，死命地目送到最後——

雙胞胎姊妹就此消失了。

那應該是艾芙的星靈之力吧。

像被從虛空中迸出的黑色漩渦吸了進去似的——曾是自己最心愛家人的這對姊妹，就此從帝都消失無蹤。

「……兩位乾姊姊，再見了。」

在熊熊燃燒的帝都中。

徒留當場的克洛斯威爾，獨自咬緊了嘴唇。

Memory. 「燈⑥　—為了曾在往昔許下的未來願景—」

帝都哈肯貝魯茲被大火吞噬了。

裝設在帝都各處的炸彈燃料被引爆，炸毀了大樓和民宅。烈焰將帝都染成了一片赤紅。

而這場火災的事發經過——

克洛斯威爾只能站在可以仰望帝都的山丘上，無能為力地注視著。

「放這把火的不是我們。」

『梅倫知道喔。梅倫不也對涅比利斯這麼說過嗎？』

說話聲從身旁傳來。

詠梅倫根躺在丘陵上頭的草叢中，像在鬧脾氣似的這麼說道。不想看到帝都陷入火海的皇太子，一直維持著仰躺的姿勢注視著天空。

『這是梅倫的新發現——透過星靈產生的火焰很快就會消失喔。但這把火卻還在持續燃燒，想必是有人刻意縱火，再栽贓給魔女……但如今說什麼都沒用了，這場火災和破壞都會被算在涅比利斯的頭上呢。』

大魔女涅比利斯把帝國軍打得抱頭鼠竄。

而帝都的街景遭到破壞也是事實，無論居民還是帝國士兵都目擊了那一幕。

——魔女就是怪物。

這樣的形象肯定已經深植人心了吧。

「幕後黑手是誰？你也被刺客襲擊了對吧？」

『襲擊梅倫的刺客什麼都不肯說呢。不過梅倫已經猜到了大概。』

「……你覺得是誰？」

『八大長老。』

詠梅倫根嘆了一口氣。

『能執行規模如此龐大的計畫又有這等權勢的也只有他們了。不過呢……這終究只是透過消去法的猜測，雖然很不甘心，但梅倫的手裡沒有確切的證據。』

躺在草叢裡的詠梅倫根緩緩地坐起上半身。

他按著額頭，想要用力抓住自己的瀏海。

『……克洛。』

緩緩吐出的語句，蘊含著沸騰般的猛烈怒意。

『已經沒空慢慢等待了。梅倫要馬上即位為天帝，將帝國的命令權攬在手裡。梅倫一定要親手制裁燒毀帝都的犯人。』

「不是沒有證據嗎？」

『梅倫會找出來的。』

詠梅倫根站起身子。

他邊拍落沾黏在身上的葉子邊說道：

『這顆星星如今依舊誕生著新的星靈。這些星靈中，說不定存在著**能看見過去的星靈**。若有人寄宿了這樣的星靈——』

「真的會出現適合的人類嗎？」

『梅倫會花時間找的，要花多久時間都行。反正帝都還得花時間重建，要用上五十年——不對，就算用上一百年也無所謂。雖然挺辛苦的——』

吁了一口氣。

即將成為這個國家的天帝的皇太子，像是稍稍感到開心似的瞇細了雙眼。

『克洛，謝謝。你願意留下來，梅倫很開心喔。』

Memory.　「燈⑦　—愛麗絲的期盼—」

1

十年後的世界——

星靈感染者們在帝國疆域的遙遠北邊，建立了一個小小的國家。

在這十年內，星靈感染者找出了控制星靈之力的方法，並開始以「星靈使」自稱。

率領他們的是大魔女涅比利斯。

也因此，小國也冠上了她的名字，取名為「涅比利斯皇廳」。

——這一切。

——對於克洛斯威爾．葛特．涅比利斯來說，像是昨天發生的事一樣一閃即逝。

十年的時間。

在涅比利斯姊妹振興小國的這段期間，帝國也開始建設新的都市。

帝都詠梅倫根。

冠上了新天帝之名的這座都市其實並不是重新打造，而是處於災後復興的階段。

被大魔女涅比利斯的起兵行動化為一片火海的帝都，在詠梅倫根的命令下，如今逐漸變成了用隔熱建材搭建的大樓。

而在街上的一角——

「喂，你聽說了嗎？」

負責看守的帝國士兵的竊竊私語傳了過來。

「東海岸似乎出現了新的星脈噴泉，連西邊的中立都市也被人發現到了。」

「魔女的數量與日俱增，周遭諸國和帝國境內也不例外。」

「他們都會移居到涅比利斯皇廳嗎？」

「沒錯。魔女之國的人口逐年增加，照這樣繼續成長下去，總有一天會成為不得了的大國吧。」

對話中處處可以察覺士兵們的警戒心。

對於將星靈感染者逐出國土的國家來說，會害怕涅比利斯皇廳變得強大也是理所當然的反應吧。

「…………」

從這群聚集在一起的帝國士兵身旁走過——

克洛斯威爾帶著兩把劍在身旁，安靜地走在大馬路上。

他的脖子上貼著封住星靈能量的貼紙。

要是不小心撕下貼紙，他身上的星靈能量很快就會被檢測到，而自己也會成為被帝國驅逐出境的對象吧。

「————」

他朝著天守府前進。

十年前的他得透過祕密通道進入這棟大樓，但如今的立場已經不同於以往。

使徒聖克洛斯威爾——在看到被授與天帝護衛這個職務的自己後，哨所前方的警衛隨即讓出了路。

接著前往天帝的房間。

他一踏入鋪滿了榻榻米的房間，就嗅到一股濃烈的藺草氣味。

「我回來了。」

房間主人只以微弱的鼾息聲作為回應。

『————』

銀髮獸人縮起了身子，睡在榻榻米上頭。

他毫不隱藏自己偌大的耳朵和尾巴，像隻小貓般縮著身子入睡。由於這樣的行為有其理由，因此自己也沒辦法輕率地叫醒他。

「看到你睡得這麼舒服，讓我莫名有點火大。」

『——』

「哎，詠梅倫根，果然很困難啊。深植人心的恐懼，是無法輕易根除的——就算花上十年也一樣。」

在這十年期間。

帝國人如今依舊害怕著大魔女涅比利斯，並忌諱、厭惡著與她為伍的魔女們。帝都過去化為灰燼的體驗，至今仍盤踞在帝國人民的心頭。

而在背後助長這種心態的人們——

「八大長老——哦，現在改叫八大使徒了是吧。」

執掌帝國議會的有權有勢之人也依舊健在。

這八名賢者如今也持續在帝國議會裡展現出強大的影響力。

天帝詠梅倫根不能將真面目顯露在外。

由於詠梅倫根無法和家臣構築深厚的信任，所以還沒辦法完全壓制住執掌帝國高層的八大使徒。

「儘管如此，詠梅倫根啊，我覺得這十年是有意義的。」

他向沒有回應的天帝宣告道。

克洛斯威爾瞥了自己帶在身上的雙劍一眼。

「這是**星劍**。你所期盼的東西總算打造完成了。據說就連星之民也造不出比這個更為優秀的武器。只要有它的話……」

他遲疑了一瞬間。

克洛斯威爾猶豫著是否要把話說完，就在這不到一秒鐘的空白內——

天帝的房間響起了警報聲。

「……唔，怎麼搞的？」

警報的來源並非天守府。

若是如此，天帝的房間會播放自動語音。如此一來，是在天守府外——也就是帝都某處傳來的警報吧。

……真是討厭的聲音。

……我可是不想再聽到警報聲了啊。

這是他這輩子第三次聽見警報聲。

第一次是在星靈從「星之肚臍」噴發而出時的採礦場。

第二次是帝都被火海包圍之際。

再來就是這一次了。

由於之前的兩次體驗過於壯烈，所以他對帝都響起的警報聲抱持著不好的預感。

「……我出去一趟。老實說，我打從心底希望什麼事都不要發生啊。」

在對沉睡不醒的天帝留下這麼一句後。

克洛斯威爾便快步離開了天帝的房間。

2

既視感——不對，是既聽感。

沒錯。在天守府聽見警報聲的時候，他便隱約感受到了近似惡寒的感覺。

警報震天價響。

怦咚、怦咚地心跳逐漸加快的克洛斯威爾走到了天守府外。而映入他眼簾的，是以灼燒天空之勢向上噴竄的黑煙。

——帝都正在燃燒。

就算再不甘願，十年前的記憶也會隨之復甦。

失火的似乎只是其中一個區塊，但若是仰望從眾多大樓縫隙間能夠窺見的烈焰和黑煙，想必任誰都會聯想到**那個魔女**吧。

「……不會吧！」

難以想像。

畢竟「她」在十年前離開了帝國，還建設了新的國家啊。

事到如今，襲擊帝國又能帶來什麼呢？

「……拜託了，我的預感一定要出錯啊！」

大馬路被急著避難的居民埋沒。

十年前的心靈創傷(Trauma)。

在帝都燃起的大火，肯定強行讓居民們想起了那位大魔女涅比利斯吧。

「唔……給我讓開！」

他逆著居民們逃難的方向前行。

克洛斯威爾以熊熊燃燒的火焰為目標，穿越了人群。而眼前的景象讓他險些喊出聲來。

——帝國軍的戰車像木板一樣，被輕而易舉地掀翻了。

——全副武裝的帝國士兵像骨牌般倒成一片。

——無數大樓呈現半毀的狀態。

和十年前一樣。

帝國的街景遭到破壞，帝國軍被輕易地蹂躪的光景。

而在頭頂上方——

是披了一件黑色外套的艾芙・蘇菲・涅比利斯。

這是睽違十年的再會。

而這位乾姊姊艾芙的身材依舊嬌小，和十年前可說是如出一轍。想必是因為與星靈融合的關係，讓她肉體成長的速度幾乎完全停滯下來了吧。

「……早知道別往壞處想了，我不祥的預感總是很準啊。」

城鎮陷入了一片寧靜。

帝國士兵們倒地不起，民眾則是全數避難。

「……好久不見了，艾芙乾姊。」

在只有兩人的此處。

克洛斯威爾呼喚著曾經的家人的名字。

「克洛，你頭髮留長了啊。」

褐膚少女降落到地上。

兩人在相隔僅數公尺遠的距離相望……然後克洛斯威爾才察覺到。

艾芙的眼角是紅腫的。

十年不見的乾姊姊像才大哭過一場似的，眼睛呈現紅腫的模樣。在眼淚風乾之前，粉塵和黑煙便附著了上去——

這讓艾芙看起來像是流下了兩道黑色的淚水。

克洛斯威爾當然會感到在意。

雖然在意，但還有更重要的事要向她詢問。

「艾芙乾姊，妳來這裡究竟有什麼用意？」

他再次眺望起周圍遭到破壞的光景。

……帝都的重建好不容易才開始。

……帝國居民的心靈創傷也才剛展露出治癒的跡象。

結果全部毀於一旦。

帝國國民一旦回想起大魔女涅比利斯，想必會讓帝國再次加強針對魔女和魔人的迫害。

「妳不是說不會再踏上這個國家一步了嗎？妳應該和愛麗絲乾姊她——」

「妹妹（愛麗絲）已經不在了。」

這句話的意思。

克洛斯威爾一時之間沒能理解過來。

……愛麗絲乾姊已經不在了？

……艾芙乾姊，妳在說什麼啊？妳們不是應該住在一起嗎？

姊妹倆一同逃出了帝國。

她們應當建設了名為涅比利斯皇廳的小國。留在帝國的自己雖然不曉得詳細的情況，但他猜測首任涅比利斯女王應該會是姊妹倆其中之一，也為此感到放心。

兩人應該感情融洽地生活在一起吧。

既然如此——

為何姊姊的眼睛會變得又紅又腫？

為何姊姊的眼角有著大哭一場的痕跡？

「…………」

心臟感覺被人用力掐住般。

最糟糕的預感閃過了他的腦海。第三次的警報所帶來的惡寒，指的並非艾芙的襲擊。

「…………不會吧……」

「原因是十年前被帝國士兵槍擊的傷勢。」

姊姊擦了擦眼角。

「即使就任女王，妹妹也一直為那傷勢所苦。傷口後來進一步惡化，而我的星靈之力則是無用得讓人發笑。」

「…………唔！」

他說不出話來。

這項消息來得太過突然，即使聽進了耳朵，情緒（內心）也一時之間跟不上來。

……不過，原來是這麼回事。

……艾芙乾姊是因為這樣才過來的啊。

最愛的妹妹被奪走了。

奪走她性命的，是帝國的子彈。而艾芙是為了報仇，才會再次於帝國現身。

以大魔女涅比利斯的身分降臨。

「差不多聊夠了吧。克洛，讓路吧。」

「……我只問妳一件事。」

面對瞪視著帝都街景的乾姊姊，克洛斯威爾靜靜地提問道：

「愛麗絲乾姊可曾希望艾芙乾姊為她報仇？」

「……什麼？」

「她沒有這麼說過吧？在聽說愛麗絲乾姊是女王的那一瞬間，我就隱約覺得是這樣了。」

涅比利斯皇廳的女王，是由妹妹（愛麗絲蘿茲）登基。

從她當上女王至今，帝國和皇廳一直沒有爆發全面性的戰爭。

……愛麗絲乾姊若是有那個心，要引發戰爭肯定不是難事。

……因為她就是被帝國士兵槍擊的受害者。

但戰爭並沒有發生。

這顯然是愛麗絲蘿茲本人制止的。

「克洛。」

那是壓抑著怒火的低沉嗓音。

「我是來宣洩私人情緒的。我要以我的意志向帝國復仇。這有什麼錯？」

「好吧，那我也以我的意志向妳請求。給我一些時間吧。」

「……時間？」

「我和天帝（詠梅倫根）會改變帝國。」

「克洛！你還在作那種春秋大夢嗎！」

褐膚少女吶喊道。

她用力瞠大了哭得紅腫的雙眼。

「已經十年了！但是什麼都沒有變啊！」

「是啊，時間還不夠。十年還不足以讓憎恨平息下來。」

這點時間還不夠讓星靈使忘記帝國的迫害。

這點時間還不足以讓帝國人忘記大魔女的破壞。

「乾姊，妳說這十年來什麼都沒變對吧？妳錯了。在這十年間，我一直和詠梅倫根拚了命地去尋找某個東西。」

乾姊姊並沒有問他尋找的是什麼東西。

想必只是句玩笑話——她肯定是這麼認定的。

「——夠了，讓開。」

大魔女隨手一揮。

星靈之風隨之颳起。克洛斯威爾很快就明白，這道從側面襲來的強風已經為了他調節威力，控制在勉強不會奪人性命的程度。

而他以黑鋼色之劍斬斷了這道強風。

「唔！」

大魔女艾芙維持著抬高手臂的姿勢，像被凍結似的停下了動作。

不只將風砍斷而已。

在克洛斯威爾以黑刃橫掃的瞬間，星靈術本身便隨之消滅了。

「……居然干涉了星靈？克洛，那是什麼？」

「這是**希望**。」

漆黑的刀身散發著黑曜石般的光澤。

以艾芙的眼力，應該可以立即看出這並非尋常的鋼鐵刀劍吧。

「我在這十年間並非碌碌無為。我和詠梅倫根確實還沒改變帝國，然而，我們找到促成契機的希望了。只要有了這把星劍，我們說不定就能打倒位於星之中樞的災難。」

「唔？」

「只要打倒災難，**地表所有的星靈都會回到星之中樞**。乾姊，妳應該明白這是什麼意思吧！」

他的想法理應傳達過去了。因為寄宿在艾芙身上的是最強的星靈。

這把星劍很可能成為實現妹妹心願的希望。

「如此一來，寄宿在星靈使身上的星靈也——」

「住口！」

少女的吶喊迴盪在無人的都會叢林中。

「……克洛，我啊……人家……可是愛麗絲的姊姊呀！」

艾芙的話聲帶著抽泣。

失去妹妹後流乾了一生份淚水的眼睛，再次匯聚起水珠。

「無論是愛麗絲在眼前被人開槍的時候，還是愛麗絲不在人世的現在，都是人家一個人忍耐了下來；這次你又要人家為不曉得能否實現的未來獨自忍耐嗎！」

「————」

「星之中樞有元凶存在？那種東西不管來多少都會被人家擺平的。比起星之中樞，還是帝國更優先。只要帝國沒有毀滅，人家就沒辦法向前走啊！」

……啪答。

乾涸的柏油路上，落下了一顆小小的水珠。

「克洛，快把路讓開！」

「不行，我不能讓妳過去！」

這個不聽人說話的傢伙！

他的心底早就預料到會有這麼一天。在一方決定留在帝國，另一方遠走他鄉的時候，他就有這樣的預感——不對，是做好覺悟了。

在被星星撕裂的命運漩渦中。

一對摯愛的姊弟爆發了激烈衝突。

還來不及見證這場戰事——

希絲蓓爾·露·涅比利斯九世的「燈」便在此熄滅。

Epilogue.1　「世界最後的魔女」

1

現場寧靜得令人耳朵生疼。

沒有任何人開口說話。眾人無意識地屏氣凝神所醞釀出來的緊迫感，包覆了天守府的地下大廳。

而打破這陣寧靜的，是跪倒在地的希絲蓓爾的喘息。

「……啊……嗚……呼…………讓、讓本宮休息一下…………就算要用燈持續追蹤下去，這麼多次的連續重現還是有極限的呀……！」

希絲蓓爾手按著胸口做著深呼吸。

在她的指縫間發光的星紋，像是與希絲蓓爾的呼吸同步似的劇烈閃爍著。

「辛苦了。希絲蓓爾公主，妳的能力相當厲害。」

璃灑輕輕拍了拍她的肩膀。

「天帝陛下，還要繼續嗎？」

『不用了。梅倫已經把想看的地方都看夠了，已經心滿意足了呢。』

獸人甩動著被豐沛獸毛覆蓋的尾巴。

他的嘴角隱隱可以看到被藏起來的凶猛獸牙。

『啊，太好了。那時候對帝都縱火的，果然是八大使徒呀。這下梅倫就能無後顧之憂地處理掉他們了——就是這麼回事啦，黑鋼後繼。』

「唔……」

伊思卡下意識地端正了姿勢。

黑鋼後繼。

他知道這個稱呼是指自己，也曉得天帝和八大使徒都是這麼叫他的。

然而——

直到這一瞬間，他才感受到箇中含意有多麼「沉重」。

「……師父他什麼都沒告訴我。」

『因為經歷了這一百年，克洛變得越來越沉默寡言呢。根據他的說法：「和乾姊打架後鬧翻了。」似乎讓他相當難受。』

自己（伊思卡）一無所知。

名為克洛斯威爾的師父寄宿著星靈的事。

他不僅和那個始祖涅比利斯是姊弟關係，還曾為了帝國與之大打出手。

……但這下就說得通了。

……難怪那時候的始祖看到我的星劍，表現得那麼訝異。

在中立都市艾茵的郊外。

當時剛醒來的始祖，對自己的星劍展現出不尋常的執念。

「他帶著『讓人感到懷念』的劍呢。」

「只要不是在克洛斯威爾手上，就無法發揮星劍的本事。那傢伙眞是讓人難以理解，居然將星劍託付給這種不知從哪來的雜兵。」

所謂的感到懷念——

指的是「再次交戰」的意思。對於始祖涅比利斯來說，和握有星劍的劍士交手已經是第二次了。

不過，自己還不曉得星劍的來歷。

……師父和始祖的對話有提到。

……星劍蘊含的力量能打倒星之中樞的災難。但說起來，那個災難指的是什麼……？

師父說，那是他們的希望。

名為愛麗絲的少女——

她既是世界最初的魔女之一，也是始祖的雙胞胎妹妹。這位首任涅比利斯女王直到最後一刻，都在擔憂和帝國爆發全面性的戰爭。

而星劍就是能夠實現她心願的希望。

「……啊，可惡。」

伊思卡按著額頭，重重地嘆了口氣。

「那個師父是怎麼搞的，每次都沒把最重要的部分說明清楚啊！」

「那個，阿伊……？」

米司蜜絲隊長戰戰兢兢地開了口：

「在希絲蓓爾小姐的星靈術裡登場的，不是有個叫愛麗絲蘿茲的漂亮女孩嗎？……她是涅比利斯的首任女王對吧？而且還被稱為愛麗絲呢。」

「……我想是這樣沒錯。」

「可是人家認識一個**無論是名字還是長相都相當神似**的公主，難道這會是單純的偶然

——呀啊！」

她的說話聲被蓋過去了。

轟——！

從腳下湧上的震動，讓在地下大廳的所有人擺出了戰鬥架勢。

強烈的垂直晃動，讓天花板上的電燈激烈地閃爍著。

大地以可怕的氣勢搖晃著。而且這不是宛如爆炸般一閃而過的搖晃，即使數十秒過去，也依然沒有止歇的跡象。

「怎、怎麼回事呀！」

以四肢撐著地面的希絲蓓爾不禁喊道：

「難、難道說……因為本宮窺看了過去，所以讓始祖大人的襲擊化為了現實？」

「哪有這麼誇張的效果。」

陣仰望著天花板。

「不管是始祖還是星靈部隊來犯，都會從地面發起攻擊。但這陣搖晃卻是從地底傳來的。」

「可、可是陣，你想想呀！本宮們可是身在地下兩千公尺喔。這裡的更下方還有什麼東西存在呀！」

『**星之肚臍**。』

天帝詠梅倫根的一句話。

他的音量雖然僅止於喃喃自語的程度，但這句話卻比劇烈的地鳴聲更為尖銳，迴盪在大廳之中。

『希絲蓓爾公主，妳應該也有看到，一百年前的帝都曾將地底隧道挖至五千公尺的深度，藉以開採星靈能量。』

「可、可是那邊應該已經被封起來了吧！」

『封住那邊的是帝國議會呢。』

「……咦？」

『百年前被稱為星之肚臍的大洞，在這個時代建立了名為帝國議會的地下設施喔。』

地鳴與震動始終沒有停下。

天帝詠梅倫根俯視著從遙遠地底產生的強大「力量」，雙眼瞇細如針。

『那裡是八大使徒的老巢，那麼，發生了什麼事呢。』

2

帝國議會。

Epilogue.1　「世界最後的魔女」

別名「無形意識」。

會有這樣的別稱，是因為議事堂的位置從未記載在任何一份地圖上所致。場所由上司以口頭形式告知部下，絕對不會記載在書面文件上。

——地下五千公尺的帝國最深處。

過去。

該處存在著名為「星之肚臍」的地下採礦場。

這座議會會場的內部，正閃爍著紅色的警示燈。

史無前例的入侵者。

想抵達這處帝國議會，只能搭乘中央基地的電梯。

而那名「魔女」——

則是大搖大擺地行經帝國軍的中央基地來到了這裡。

『中央基地失去了聯繫。』

『是遭到正面突破……不對，該不會被她澈底殲滅了吧……居然連通訊班都無人生還？』

七台螢幕各自顯示出男女的輪廓。

他們是侍奉上一任天帝的八名賢者。不對，正確來說，他們都是電子生命體。

百年前的他們追求著星靈能源，而現在的賢者們則是渴望著超越星靈的力量，正以星之中樞為目標。

但在失去盧克雷宙斯之後，他們現在剩下七個人。

『難以置信……』

『伊莉蒂雅，這是妳幹的好事嗎？』

啊哈——

嬌笑聲響徹四周。

魔女的嗓音既像女神般溫柔可愛，同時也像惡魔般充滿誘惑。

「啊哈……啊哈哈……感覺棒極了。」

有著翡翠色頭髮的魔女，從議會會場的天花板緩緩降落。

她穿透了鋼鐵打造的牆壁。

彷彿幽靈一樣——理所當然般地做出了人類肉身所辦不到的事，有著女神般美貌的魔女降落在地。

她來到了八大使徒的面前。

Epilogue.1　「世界最後的魔女」

魔女（伊莉蒂雅）穿著染成黑色的一襲婚紗。

那並非涅比利斯皇廳的服飾。

若要形容的話，像是將漆黑的霧氣凝結而成的黑色服飾。

雖然是將一半以上的肌膚袒露而出的性感設計，但讓人感受到的，卻是令背脊為之一涼的空虛感。

『妳換了一套衣服啊。』

「是的，我認為這樣比較有魔女風範。」

魔女紅著臉點了點頭。

她說話的口吻異常亢奮，雙眼則顯露出陶醉的氣息。

「呵呵，啊哈哈……不好意思呀，八大使徒的各位。看來你們所追求的災難（那玩意兒），似乎很中意我的身體呢。」

『伊莉蒂雅，不對，實驗體E。一如凱賓娜所擔心的那般，妳確實能夠適應沉眠於星之中樞的那玩意兒的力量。』

『這代表妳已經獲得了這個星球上最為強大的力量。』

那是只有極少數人知曉的真相。

——星之中樞沉睡著超越了星靈之力的災難。

八大使徒對此感到相當焦慮。

天帝和始祖雖然在百年前也接觸到了那玩意兒，**但卻無法完全適應**。因此其中一人變了樣貌，另一人則是差點失去了自我。

『妳之前曾說過，若是能獲得那玩意兒的力量，妳想成為真正的魔女。妳想成為的是究極、絕對且唯一的——世界最後的魔女。』

「是的。」

『妳也說過想對皇廳（國家）進行改革呢。妳想改變用與生俱來的星靈為人類分等級的皇廳，打造一個所有星靈使皆能一視同仁的樂園。』

「是的，所以首先——」

魔女攤開了雙手。

她像在展露自己豐滿的雙胸似的仰起上身，以興奮難耐的語氣說道：

「八大使徒（已經不需要你們幾個）太礙事了。」

『——』

『……妳說了什麼？』

「哎呀，各位不是心知肚明嗎？」

魔女嘻嘻一笑。

「我要是和那玩意兒澈底同化，那八大使徒（你們）就拿我一點辦法也沒有了。為了避免我展開反撲，你們才會早一步向凱賓娜下令，要她將我處理掉。而又為了預防萬一，你們還抓走了我的妹妹（希絲蓓爾），將她挾為人質對吧？你們認為這樣我就不敢對你們下手了呢。」

環環相扣的計策，落得了被破解的下場。

伊莉蒂雅從凱賓娜的研究所逃出去了。

同樣被關在研究所的希絲蓓爾，則是被第九〇七部隊救出。

「當然，我會遵守約定的。無論是天帝、始祖、帝國還是皇廳，全——部都會被我親手摧毀。我會讓他們以美麗的姿態重新降生的。」

她動著妖豔的唇瓣，吟詠出毀滅的話語。

「還請安眠吧，追求力量的愚蠢人們。」

Epilogue.2 「世界最初的姊弟」

帝國的國境管制站（Check Point）。

打算入境的數十台汽車，在檢查站前排出了長長的隊伍。

這裡是帝國與境外相隔的關卡。該處也長期駐紮著帝國軍，在各處設置了能檢查出星靈能量的大型檢測器。

而巨大的檢測器——

正以前所未聞的高分貝持續回報強大魔女接近的現況。

但無論過了好幾十秒、好幾分鐘——

理應趕赴現場的帝國士兵卻是一個人影也沒瞧見。

「……已經撤退了嗎？做了最佳的判斷啊。」

被火焰包圍的安檢處。

一名黑衣男子這麼說道並仰望著這棟牆壁接連崩落、眼看就要坍塌的建築物。

黑鋼劍奴克洛斯威爾。

他是曾經的使徒聖第一席、伊思卡的師父、星劍的前任持有者。而他邁步前行的目的地，是一處直徑數十公尺的陷坑。

「……**剛醒來的時候總會有起床氣**。過了一百年也還是沒變啊。」

那是宛如被導彈轟炸過的破壞痕跡。

對於單槍匹馬來到這裡的魔女來說，這一記星靈術是「代替打招呼」。面對這過於強大的威力，駐紮於此的帝國軍也不得不鳴金收兵。

而這是正確的判斷。

就算找來再多的武器和人員一同出戰，也絕對不會是她的對手。

「因為她是這世上最為凶悍也最為蠻橫的女人啊。其實連我也不是很想見她，畢竟我的狀況還遠遠稱不上完好無缺。就算不是這樣——咕！」

他睜大了雙眼。

怦咚。

宛如從骨髓向外灼燒般的灼熱和痛楚，讓伊思卡的師父克洛斯威爾不禁咬緊牙關。

「咕、嘖……老毛病又犯了……」

排斥反應的頻率逐漸增加。

根據詠梅倫根的說法，這是因為寄宿在自己身上的星靈，害怕著在星之中樞逐漸清醒的那玩意兒的關係。

「……八大使徒……」

他向在帝國暗處操弄權力的首腦們說道：

「你們若是看到我這副慘樣，還會覺得那玩意兒是美妙的力量嗎……」

一百年前。

從星之肚臍噴發而出的共有**兩種**東西。

其一是星靈。

其二則是以星之中樞為巢穴的災難。這正是八大使徒追求的「超越星靈的星靈」。

「看到我的症狀……你們還會以為那個災難是理想的力量嗎……？」

那不是能夠控制的東西。

天帝詠梅倫根接觸了那股災難之力，卻沒辦法徹底共存，而當時產生的排斥反應，讓他變成了現在的模樣。這樣的真相，則是在自己尋得星劍之後才知道的。

所有的星靈使——

都無法對抗位於星之中樞的「大星災」。

自己也不例外。

就算覓得了星劍，只要握著星劍的人還是自己，就不可能有一絲勝算。

所以——

為了挑戰星之災難，他尋覓起**不是星靈使的人類**。

自己一直在尋找。

在與愛麗絲蘿茲乾姊死別，與艾芙乾姊鬧翻之後，他一直在尋找著。

「伊思卡。」

那個蠢徒弟。

也不曉得他還記不記得自己當初說過的話。

「伊思卡，你是我最後一個挑到的候補人選。老實說吧，在我挑選的候補之中，你是最……」

「是、是的！」

「最沒有潛力的那個。」

「您也太老實了吧！」

「『你是和我最像的那一個，所以我以爲你是最沒有潛力的』。」

但他後來轉了個念頭。

在挑選自己的繼承人的時候，**最能讓愛麗絲蘿茲乾姊感到開心的人選會是誰**——在閃過這個念頭的時候，他的腦海裡只浮現出伊思卡一個人。

後繼者需要的是「頭腦不好」這個才能。

舉例來說——

他是個認真相信帝國和皇廳有可能議和的超級樂天派。

舉例來說——

他雖然身為帝國人，但看到被關在牢裡的魔女會於心不忍，甚至會協助她逃獄，嚴重缺乏敵我意識。

「大家都停手吧！」

「求求你們，聽我說。這裡明明沒人期望著這樣的戰鬥！」

一百年前。

要是那座戰場上有叫做伊思卡的帝國士兵在場，未來是否會因而改變呢？他說不定不會伸出槍口，而是選擇伸出援手。

所以他才選中了伊思卡。

……愛麗絲乾姊，不覺得很好笑嗎？

……如今的帝國還存在著這種傻小子。如果託付給他的話，愛麗絲乾姊也會放心吧？

他想要賭上一把。

所以他試著將星劍託付給這個帝國人。

「伊思卡，你可別忘記了，你的敵人並不是星靈使，也不是名為皇廳的巨大國家。你真正該對付的對象是——」

這世上存在著不用星劍就無法擊敗之物。

而那東西位於這星之中樞。

「所以，**這裡**就由我負責吧。」

他仰望天空。

在深邃得吸人眼球的蔚藍天空中，飄浮著一個孤單的黑影。

那是一名褐膚的少女。

「————」

始祖涅比利斯。

她豐沛的金髮隨風飄揚。這位曾和自己大打一架後訣別的乾姊，正俯視著自己。

「克洛，你變老了啊。」

「這叫變得成熟吧。」

一百年的時光。

與星靈完全融合的艾芙，依然維持著少女的姿態。

而和星靈無法完全融合的克洛斯威爾，則是逐漸在肉身上留下歲月的痕跡。

「……克洛，你還打算像那時一樣嗎？」

始祖露出了殺氣騰騰的眼神，話聲中蘊含著怒氣。

「你又想妨礙我了嗎？」

「陪陪我閒話家常吧。」

「…………什麼？」

他回望皺起眉頭的乾姊姊。

待餘韻沉澱了充足的空白後，克洛斯威爾繼續開口說道：

「乾姊，讓我們睽違已久地聊聊天吧。這是不被任何人打擾，只屬於我們姊弟的話題。」

後記

「……因爲人家是個不可靠的姊姊呀。」

感謝各位閱畢《這是妳與我的最後戰場，或是開創世界的聖戰》（這戰）的第十一集！

這次終於輪到希絲蓓爾將「燈」發揮得淋漓盡致了。

希絲蓓爾至今不是被太陽（休朵拉）抓走，就是在帝國的研究所裡淪為人質，待遇可說是相當坎坷。但反過來說，這也代表這名少女的能力是如此被各方勢力忌憚著。

而透過燈的重播——

這一次，本集的主角並不是伊思卡。但若要問這一集的主角是誰……對於看完這一集的讀者來說，或許會有各自的答案吧。

如同天帝所言，百年前（這次的故事）是一場訣別（悲劇）。

為了不讓訣別以訣別的形式收尾，少年少女們雖然各自走上了不同的道路，卻都努力地在這條路上掙扎著。也多虧有了他們，故事才能夠交棒到現代的《這戰》舞台。

故事也終於要進入後半段了。

百年前和現在的他（她）們披荊斬棘的身姿，還請各位不吝守望！

▼關於電視動畫版的《這戰》

各位對電視動畫版的感想如何呢？

對細音我來說，這次是首度動畫化的作品，所以度過了最棒的三個月。

參與製作動畫的所有人員、收看了動畫的各位觀眾，請容我在這裡向你們致謝。真的非常謝謝你們！

動畫ＢＤ和ＤＶＤ（全三集）也好評熱賣中！

細音我在特典小說的部分也傾注了全力——像是ＢＤ和ＤＶＤ第一集的〈禁章・始祖〉，便是始祖（艾芙）對上伊思卡&愛麗絲之戰時，以「始祖的視角」加以描繪的故事。細音我在撰寫這段故事的時候，是抱持著讓讀完第十一集的讀者也能回味無窮的心態執筆的。

被人冠上始祖之名的艾芙，其內心深處的煎熬（聲音）——

若各位有興趣的話，不妨稍微窺探看看吧。

當然，對於二〇二一年的《這戰》，我也會拿出百分之百的幹勁努力的！

那麼，在此要向大家公布一則消息——

今年推出了一部希望各位能搭配《這戰》一起閱讀的新系列，請容我在此做個介紹！

▼ＭＦ文庫Ｊ《神明渴望著遊戲（暫譯）》，決定推出續集！

人類vs眾神的奇幻智力對決。

人類方的勝利條件為「與諸神在智力對決（遊戲）中贏下十局」。從古至今，目前還無人創下完全勝利的紀錄。而這便是少年挑戰著不可能的故事——

第二集將於五月二十五日（二）上市！

其實，這與《這戰》第十一集的上市時期只相隔一週。此外，本次也特別實施了合作活動！

若是一併購入《這戰》第十一集和《神明渴望著遊戲》第二集，便能獲得特別的短篇故事！

詳情請參照《這戰》第十一集的書腰喲（註：本文提及的各種資訊皆為日本當地的狀況）。

尚未閱讀本系列的讀者若能趁著這個機會翻閱，那細音我會很開心的！

如此這般，後記也差不多也到了尾聲。

猫鍋蒼老師，感謝您畫出了精美絕倫的天帝！

也要感謝責編Ｏ大人和Ｓ大人。無論是電視動畫或是原作小說，細音我每天都受到了兩位的照顧。今後的《這戰》也勞煩兩位繼續協助了！

下一集，《這戰》第十二集。

帝國、皇廳、始祖、師父，還有天帝。在諸多力量和理想交雜的戰場上，伊思卡將再次與愛麗絲相會。而兩人看到的光景是——

那麼——

五月二十五日，ＭＦ文庫Ｊ《神明渴望著遊戲》第二集（馬上就要發售了！）。

秋季，《這戰》第十二集。

讓我們在這些地方再次相會吧。

寫於暖春的日子　細音啓

※最後向粉絲信致謝

去年寫信給細音我的Ｍ大人——感謝您寫下《這戰》、《世界錄》、《世界之敵（暫譯）》、《為何我》的感想，還贈送了入浴劑和蒸氣面罩等禮物，真的非常感謝！

雖然收到了信，卻找不到回信的地址……很抱歉沒能在去年年底前做出回應，但Ｍ大人贈送的各式用品，現在也好好地使用著喔！

下集預告

欸，愛麗絲。
妳有守護著妳的騎士嗎？
帝國、皇廳、天帝、八大使徒——
使徒聖、帝國軍、星靈部隊、佐亞家、休朵拉家——
在各方勢力角逐的戰場上，迴盪著魔女的嬌笑聲。
在伊思卡再次於戰場上與愛麗絲相會時，
沉睡在星之中樞之物也即將覺醒。

至高魔女與最強劍士的舞蹈，第十二幕。

這是一樁交易。伊思卡，我會獻上我的荊棘，所以——

這是妳與我的最後戰場，
或是開創世界的聖戰

12

近期預定發售！

間諜教室 1～4 待續

Kadokawa Fantastic Novels

作者：竹町　插畫：トマリ

位處絕望深淵時，
眾所期待的英雄將會現身！

克勞斯打倒的冷酷無情間諜殺手「屍」招認吐實，「燈火」終於揪住來歷不明的帝國組織「蛇」的尾巴。揭發其真面目，來到敵人的巢穴。然而被賦予指揮任務之職的緹雅卻喪失了身為間諜的自信心──

各 **NT$220~240/HK$73~80**

約會大作戰DATE A LIVE 安可短篇集 1~10 待續

Kadokawa Fantastic Novels

作者：橘公司　插畫：つなこ

約會忙翻天！精靈們迎接幸福結局。
也來訴說重逢後的戰爭吧。

狂三（＋分身）與紗和平穩的學園生活；總裁十香引發前所未有的黃豆粉潮流；美九悲痛的吶喊促使所有精靈突然來一場露營旅行。即將與十香離別，彷彿感到不捨而創造出虛假世界的回憶；還有迎來幸福結局「之後」的未來。

各 **NT$200~260/HK$60~87**